伐桐

育　邦　诗　选

育邦——著

山西出版传媒集团 北岳文艺出版社
BEIYUE LITERATURE & ART PUBLISHING HOUSE
太原

图书在版编目(CIP)数据

伐桐：育邦诗选 / 育邦著 .—太原：北岳文艺出版社 ,2019.11
ISBN978-7-5378-6039-0

Ⅰ . ①伐… Ⅱ . ①育… Ⅲ . ①诗集—中国—当代 Ⅳ . ① I227

中国版本图书馆 CIP 数据核字（2019）第 238653 号

伐桐——育邦诗选

育邦◎著

出品人
续小强

策划
左树涛

责任编辑
左树涛

书籍设计
王　俊

印装监制
巩　播

出版发行：山西出版传媒集团・北岳文艺出版社
地址：山西省太原市并州南路 57 号邮编：030012
电话：0351-5628696（发行部）　0351-5628688（总编室）
传真：0351-5628680
网址：http://www.bywy.com　E-mail：bywycbs@163.com
经销商：新华书店　印刷装订：山西人民印刷有限责任公司

开本：787mm×1092mm1/32
字数：156 千字
印张：8.5
版次：2019 年 11 月第 1 版
印次：2019 年 11 月山西第 1 次印刷
书号：ISBN978-7-5378-6039-0
定价：39.80 元

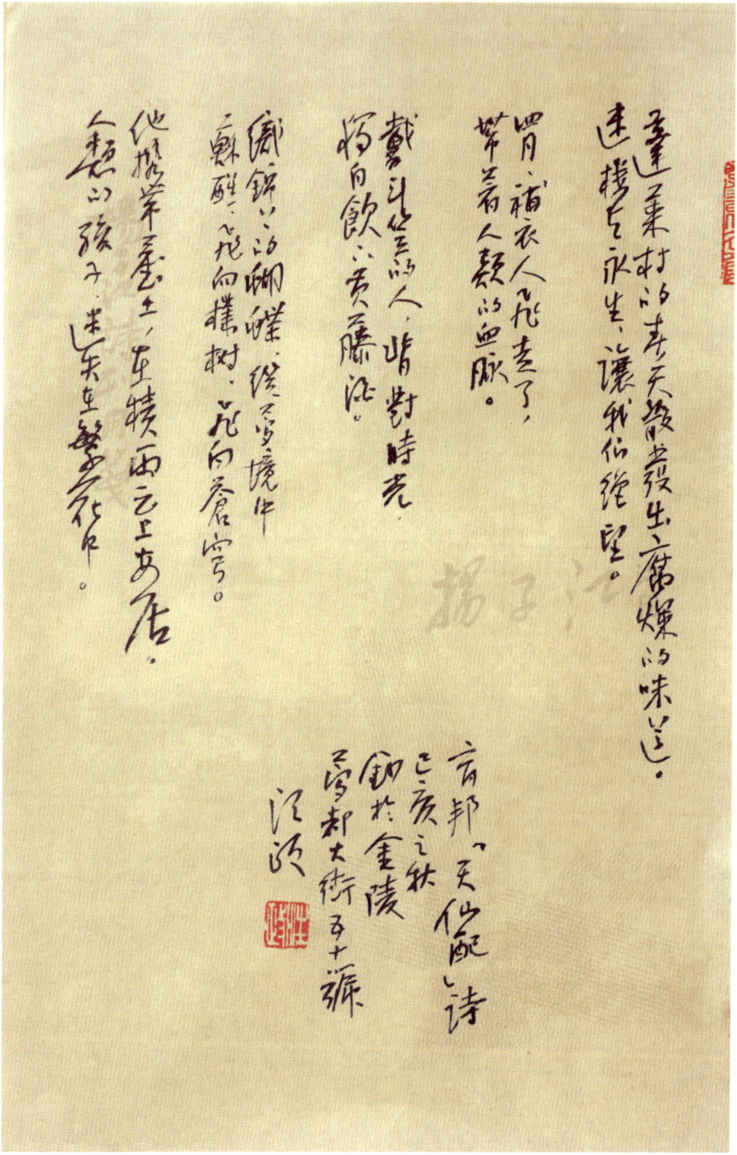
蓬萊村的春天散發出腐爛的味道。
四月，補衣人死去了，
帶著人類的血脈。
戴著斗笠的人，皆對時光，
獨自飲黃藤酒。
蘇醒，飛向樸樹，飛向蒼穹。
他們帶來塵土，在積雨云上安居，
人類的孩子，迷失在繁花中。
言邦《天仙配》詩
己亥之秋
錄於金陵
汪政

汪政　书

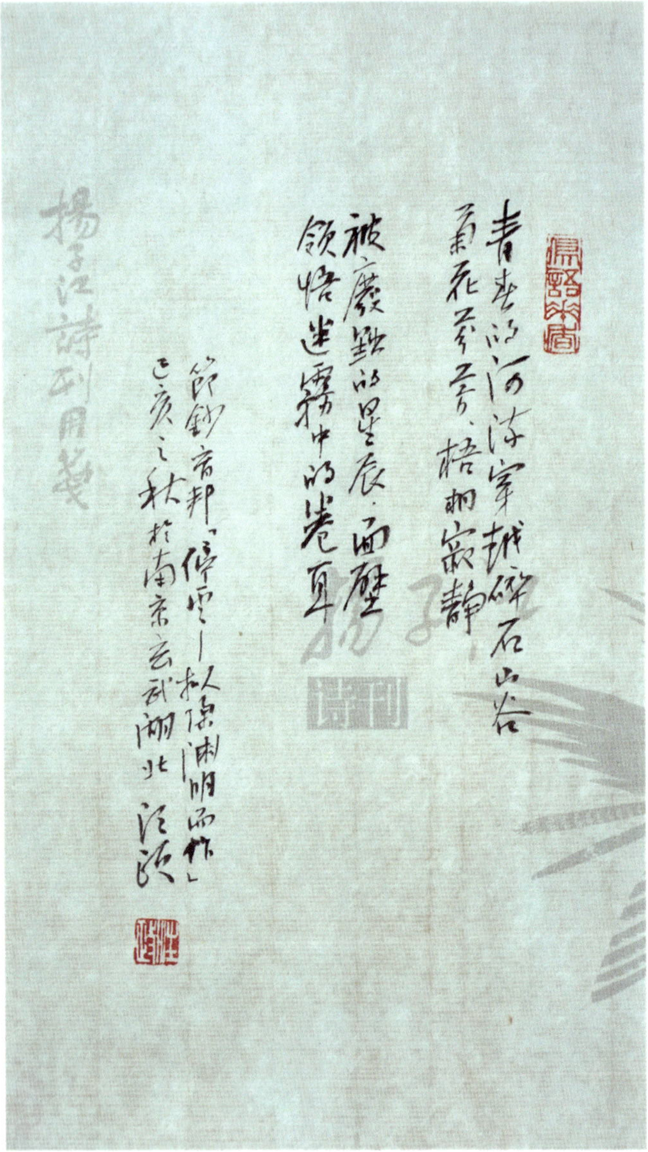
揚子江詩刊用箋
青春的河流穿越碎石山谷
被廢棄的星辰、面壁
領悟迷霧中的卷耳
節鈔育邦《停雲》擬陶淵明而作
己亥之秋於南京玄武湖北 汪政

汪政　书

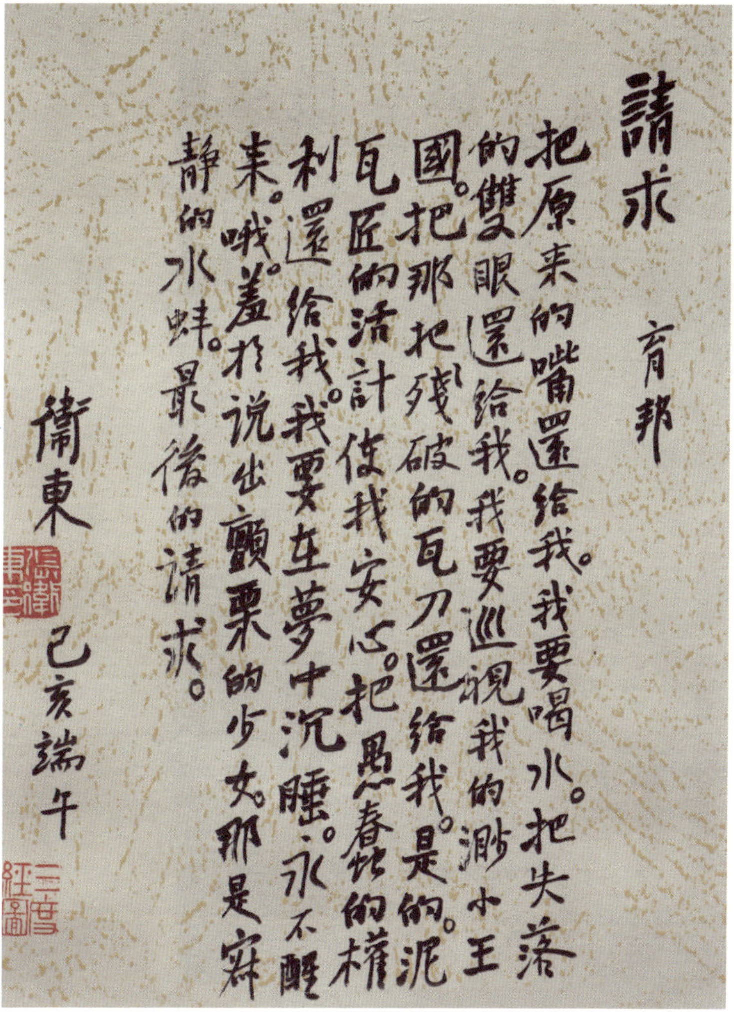

請求

育邦

把原来的嘴還給我。我要喝水。把失落的雙眼還給我。我要巡視我的渺小王國。把那把殘破的瓦刀還給我。是的。泥瓦匠的活計使我安心。把愚蠢的權利還給我。我要在夢中沉睡。永不醒来。哦。羞於說出顫栗的少女。那是寂靜的水蚌。最後的請求。

衛東 己亥端午

张卫东　书

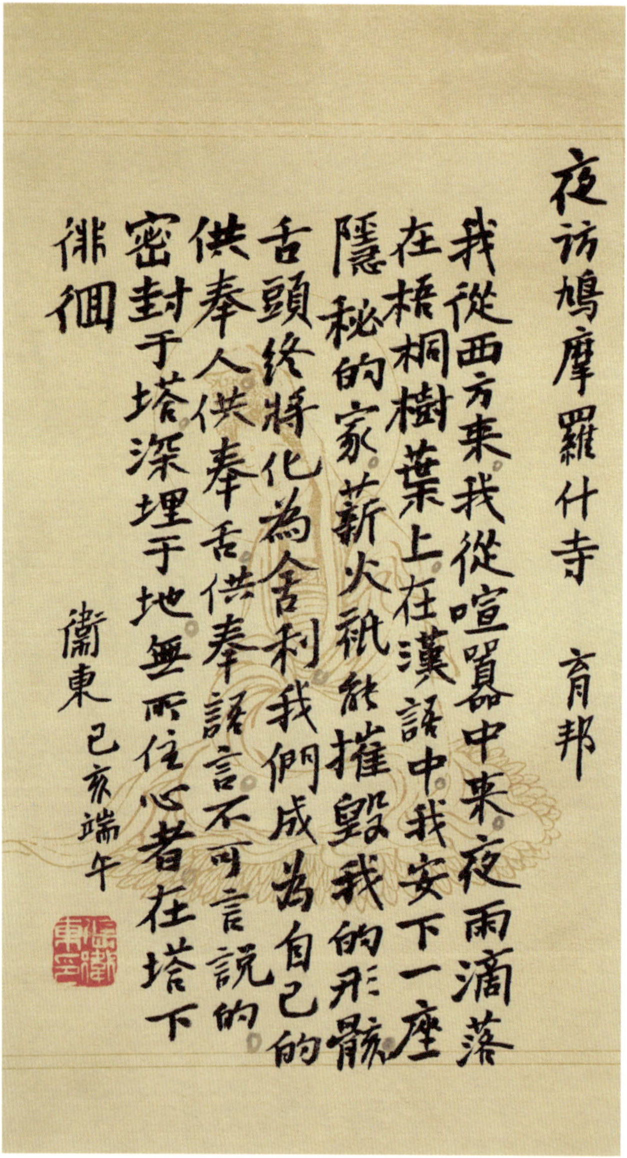
夜訪鳩摩羅什寺
育邦
我從西方來我從喧囂中來夜雨滴落
在梧桐樹葉上在漢語中我安下一座
隱秘的家薪火祇能摧毀我的形骸
舌頭終將化為舍利我們成為自己的
供奉人供奉舌供奉語言不可言說的
密封于塔深埋于地無所住心者在塔下
徘徊
衛東
己亥端午

张卫东　书

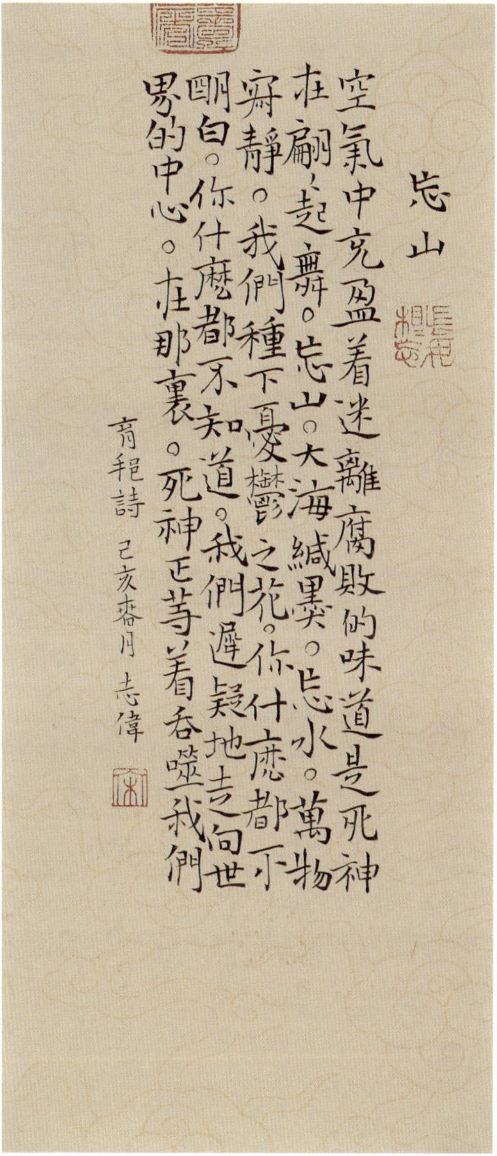
忘山
空氣中充盈着迷離腐敗的味道是死神
在翩翩起舞。忘山。大海緘默。忘水。萬物
寂靜。我們種下憂鬱之花。你什麽都不
明白。你什麼都不知道。我們遲疑地走向世
界的中心。在那裏。死神正等着吞噬我們
育邦詩 己亥春月 志偉

宋志伟 书

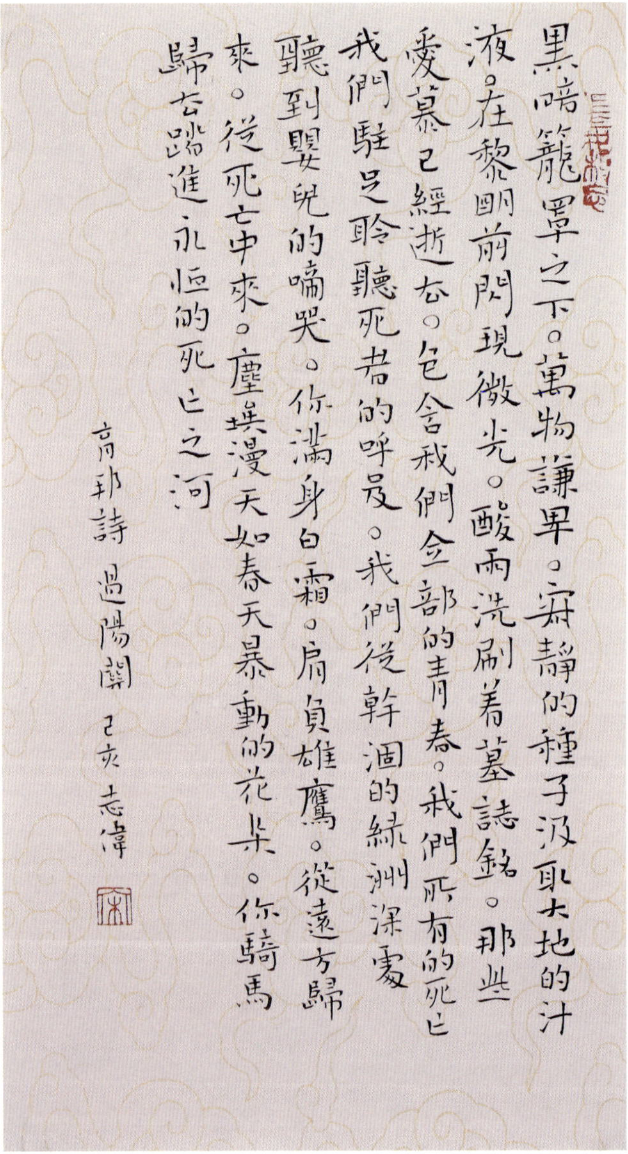
黑暗籠罩之下。萬物謙卑。寂靜的種子汲取大地的汁
液。在黎明前閃現微光。酸雨洗刷着墓誌銘。那些
愛慕已經逝去。包含我們全部的青春。我們所有的死亡
我們駐足聆聽死者的呼吸。我們從乾涸的綠洲深處
聽到嬰兒的啼哭。你滿身白霜。肩負雄鷹。從遠方歸
來。從死亡中來。塵埃漫天如春天暴動的花朵。你騎馬
歸去踏進永恆的死亡之河
高邦詩 過陽關 己亥 志偉

宋志伟　书

目　录

尖刻花园

青花瓷片

鲜花木梯

七月之光

尖刻花园 |

中　年

我知道
我与世界的媾和
玷污了我的日子以及从前的我
我有别于我自己
我从千里之外带回一片树叶
当我看到鸽子，就会流泪
在人与人构成的森林里
我总是采撷
那些色彩绚烂、光怪陆离的蘑菇
仅仅因为它们是有毒的
在菩萨众多的大庙里
我所点燃的每一炷香都那么孤单
忧郁而烦躁地明灭
我把剑挂在虚无的天空中
因为它已疲惫
我徒劳地搓一搓手
迎接日趋衰老的夕阳
它简朴得如一滴清水
凋零，流逝
却拥有寂静

勒内·夏尔

黎明前
普罗旺斯的游击队长
跨上白马，携带年轻的箭镞
穿过尖刻花园，此刻
奴颜的桤木开出艳丽的花朵
恶狗刻耳柏洛斯紧追不舍

他进入火的享殿
献上颅骨、龋齿和隐逸之水
祭祀游荡的亡灵
与时间的暴君

作为寂静的搬运工
他拒绝歌唱，拒绝写下诗篇
他把舌头深藏在火山熔岩之下
沉默的淬火匠人
在微凉的季节，创世纪
收获星辰森林

迷　楼

——给臧北

暴雨如注，尘世如海
迷楼幻化为寺庙
佛陀谆谆教导我们
遗忘是最好的修行

欲望信仰者
在繁缛的历史限制下
溃败于道德之轴
留下了琼花、谜语和一连串非确定性王国
背叛肉体与远方
仿佛我们从来都不曾年轻过

蜀冈静穆
如大地上的一叶扁舟
向我们运送
凋零的鲜花和最后的怜悯

死亡与尘埃
固守着纯粹修辞——
迷楼不是迷楼
迷楼还是迷楼

伐　桐

罅隙，水塘，灌木丛
存在于时光的慰藉中
火山情人的峭壁引领我们向下
从云朵的阴影中坠落
走向尘埃，走向地心

伐木者听不到任何声响
他若无其事，砍下那棵青桐
砾石在他客观的瞳孔里
流动，与泥土及烟霞
汇聚为溪浪

栅栏里，火焰的手指
在歌唱
蝴蝶身披黑袍
从盲目中飞出来
在攀升的雾霾中
交媾，孕育
一个有限的春天

返　乡

我背负木剑
从世界的另一边
乘船归来
车轴河里落满了我的光阴
在海的那边
靠近星辰居住的小镇
是我的故乡

我从粮站码头上岸
我拥有无限的时间

木瓜树下有一条小路
那是诗人的秘密小道
后来，木瓜树被砍伐了
它只能悬挂在夜空中
杜鹃的啼鸣依旧回荡在小树林中
已成为古老的遗迹

风，雪，带血的玫瑰
为我拂拭忧伤
哦，那颗小时候的心

在灰尘中发光
河流呜咽，大海咆哮
突然大声说出
那些淹死的孩子的名字
——他们都是我的朋友

与仁波切夜游锦溪

天鹅绒被褥
阔大，如羞耻
留下压痕，树梢间
挂满笑脸

我们在看不见的位置上舞蹈

为了丢失的小熊
孩子一直在哭泣
湖泊与河流窃窃私语
迂回，汇入长夜的协奏

我们在窗台上放上一盆兰花草

红灯笼，黑灯笼
集梦者杖菊孤往
水冢……飘来歌声
蕨类植物展翅飞翔

我们在黑暗中毁琴，断弦

挽　歌

修栅栏的人走了
砍树的人来了

鲜花一直在撒谎
树木则保持沉默

昙花曾经来过，而此时
舞台，空无一人

我们躺下来，在冰与火的墓穴
耻骨松动的声响轰鸣而至

樱桃园，时光已坍塌
传来斧头砍伐树木的声音

走吧，马车来了
我们动身吧

多年以后

多年以后，我赤脚
在沙滩行走，走向你
鲸鱼跃出海面，为你吞食
中年的黑暗
海豚长着一张婴儿的脸
眨着眼睛，对你微笑
木船，在银光闪烁的飞毯上
犁过贫乏的岁月

拂晓，你含泪
从冰块的巢穴中现身
飞向生与死的丛林
林间，涌荡着植物般的歌声
给予世界以轻微的劝慰
大海深处，七弦琴
悠然响起，摒弃繁华的谎言
劈开海水的墙壁，纯真山谷
在春天的雨水中苏醒

我从大地上来，我走向你
你从大海中来，你走向我

拨开悲悯的尘埃
我们在多年后相遇
我们互不相识

法起寺

明月不归，白云常驻
大海倒映着人世无边的镜像

你穿越群马
踏浪而来

你从海上来
携带着满身的尘埃

松风徐来，磬声幽远
二桅尖——我们所能知道的整个世界
便清净了下来

母亲的早餐

门槛深陷孤独
合唱团占据了母亲的卧榻
胡蜂笼罩在天井上方
我们受困于花朵的高墙
寒风呼啸，月光马车缓缓驰过
我们瑟瑟发抖
直立着，穿越雨水

深夜，母亲起身
从韭菜地带来饥饿
从泪腺的枯井中萃取寂静
她不再聆听世界的声响
专心俯身于尘土灶台

只为这别离的早餐
——最后的晚餐

登南北湖鹰窠顶

湖山之外，曾是一片海豚乐园
庞大的墓地，老鹰的窠穴
在浑浊的天空下，衰破
似尘土……铁砧如洗
涤荡着清澈的眼睑

大海与滩涂的边缘
一颗清冽的彗星在移动
月亮，在其怯懦的内心
燃起微弱的火焰
酒神，堕落的人类
走向自我毁灭
散发出盐、茶与药的味道

黑松林中，晨光闪烁着薄翼
我们与历史的热病对弈
当我们脱离自我时
就穿上矛盾的衣裳
倾向于水，随物赋形的贞洁
倾向于火，永不停歇的死亡传递

夜　巡

风雨如磐，晦暗的虹膜推动体内的年轮
推动沉默蹀躞的绿色羽翼
卷帘人摘下面具，撤回青春的潮汐
秉烛夜巡，迎回晚归之舟

曙光缺席的夜晚，水面上涌来黑暗
我们的头颅依然保存着狂放的玫瑰
海棠依旧，坠落的星辰
书写不断重现而又不断消逝的生死之书

苏醒之后，我们找回获救之舌
流亡的鸽子预言了万物的死亡
我们在船上燃烧自我
灰烬堆积，风暴降临

洁净的水面，光在聚集
全新的事物正在生长
慢慢地，长出一座岛屿
哦，那是我们的鲜血、我们的微笑

己亥年，致湖山诸贤

一年过去，且开启一年
伟大的加减法总是获得最后的胜利
有的人来了，更多的人走了
亡灵们栖息在石砌的房子里
用天真的嗓音创立一种信仰
十二个人，从大海中走出来
带着鲛鱼愤懑的面庞
围坐在火焰周围，饮酒
春天的泪水中，客居己乡者
走出季节的围墙
向忧郁的星辰聚居地迁徙
苍穹无垠，他们写下诗行
虚构一种存在，形同虚无
他们失去舌头，焚烧玫瑰
月亮升起，疾病的隐喻高悬
在头上，留存着人类最后的气息

暴雪将至

暮光中，黑耳鸢燃烧起来
他的眼眸，如矿石
冷漠，幽远
凝视着河流两岸

暴雪将至，无法确定的拂晓
青山逶迤，从忧郁的云影中走出来
出于对世界的信任
他放下了手中的书
俯下身来
在沙滩上，写字

无　题

从暮色中发现最后的光芒
从尘埃中获取广袤的原野

每一天，都有一个哀伤的黄昏
每一生，都有一个死去的童年

我们从那个男孩的死亡中诞生
我们从宇宙的繁星系统中寻找自我

任何时刻，镌刻在身体上的法典均不可侵犯
任何黑夜，沉默的石头总是保持微笑

我们不再作声，倾听大海的呼吸
我们走到雪地上，湮灭时间的存在

与神灵书

我奋力攀爬，登上砾石与积雨云铺成的山顶
你依然永恒，四处张望，无所事事

我与世界争论，你不屑一顾
我与尘土作战，你是站台上冷漠的看客

你没有灵魂，轻浮地在云朵和飞行器中穿行
我从绝望中攫取，重建一个忧伤却激宕存在的盛大时光

我如此卑微，且来路不明
你高贵，却不懂得死亡

我在黎明前恸哭，长歌招魂
你享受祭献，不知羞耻

作为偶像，你坍塌在虚伪的神殿和虚无的时光中
我的花朵将在黑暗中盛开，如同节日，释放拘禁日久的绚烂

邻座的孩子

麻醉剂开辟的绿洲无边无际
废墟上开满了邪恶的花朵
手捧污秽的水，我们供奉着雪
我们吞食黑暗，饲养死亡
投身于漫漫长夜——
这永恒的事业

哦，邻座的孩子偷听到大人们制作橡皮泥的配方
如果我死了
请把死亡的权柄转移到他的手中
在飞升的风雪中
为他加冕

世界也会慷慨地
给他七天时间

小夜曲

母亲做好饭
可孩子再也没有回来

天空中飘来歌声
像一场黑色的雨

鲜花枯萎，走向沉默
烛光照亮海滩与寻找的人们

母亲提着灯，沿着大海
一直走啊走

大海呜咽
演奏着残破的乐章

走丢的孩子
你什么时候回来

陪妈妈吃饭
哪怕一顿也好

我认出了我的一位父亲

我从树上走下来
我认出了我的一位父亲
他阴郁，沉默
口中吐出一朵浑浊的云

我从花中走出来
我认出了我的一位父亲
他污秽不堪，满嘴淤泥
脚踩一片清澈的湖水

我从石头里走出来
我认出了我的一位父亲
他纯洁的呀，让我们羞愧
全身赤裸，双手长满了古老的苔藓

我从人群中走出来
我认出了我的一位父亲
他戴着面具与枷锁
正在表演永恒的傩戏

我从火苗中走出来

我认出了我的一位父亲
他提着一桶水
是的，他要浇灭我

假面舞会

纪念碑坍塌在破碎的镜子中
时间的伟大作品，举办
仅属于他们的假面舞会
而小丑们全然不知

进入冰封的森林
我们唱歌，我们跳舞
直到双颊绯红，在沉醉中
坠入神秘
鸱鸮依旧躲在阴暗处
哀号，叹息

被剥夺了泪水的双眼
闪烁着星光
哦，我们已经准备好了
迎接冰河世纪的莅临
所有的恶时辰都将化为爱的河流

我们徜徉在少女的骨盆里
我们散步在时代的深渊里

午后的瞬间
如此脆弱，如此永恒
我们轻而易举地指认出另一个自己
——一种不可推脱的使命

绚烂的严冬，我们满怀欢喜
埋葬我们的头颅
埋葬掌心里的命运线

最后一个匈奴

失我焉支山，令我妇女无颜色。
失我祁连山，使我六畜不蕃息。
——《匈奴歌》

孩子
你没有经历过童年
就成为恋爱中的男子
初吻如黑色戈壁一样寒冷
洞穿原初的纯真
嘴巴遽然枯萎

红柳花儿开放
你跃上马背
在祁连山下疾驰
反抗祖先们由来已久的梦想
狙击虚伪时光的侵袭

天与地，从来都不简单
它们的法则依然残酷
祁连山如可汗一般
大声说话

大漠如大海般轰鸣
席卷牛羊、权杖和鲜花

你口衔一枝黑玫瑰
站在漫天黄沙中
山上的积雪开始融化
家园正在建设
尘埃飞舞，你安顿
自己简朴的心灵

孩子
你是最后一个匈奴
在黑暗到来之前
请你张开弓

孩子
你是最后一个匈奴
在死亡抵达之前
请你张开嘴

篝火晚会

透过低矮的栅栏与惊恐的目光
我们有幸目睹一次又一次奇迹
如同木乃伊归来
我们有幸见证一次又一次疯狂
如同孤独不期来袭

为了证明曾经活着，紧攥住
生活的每一个瞬间
为了编织最后一个花冠，收集
祭台上的每一缕青丝

身着缁衣者夜夜造访
我们早有协议，我们相谈甚欢
我们共同提议——举办一场篝火晚会
燃起烈火的美妙时刻
我们坦然走进去
在火焰中舒啸

冰川世界在幻想中永存
一切均已化为宇宙尘埃
庞大黑洞中，我们获取
清凉与虚无

木匠的儿子

人类在傍晚的时候
失去了一个形象
具体情形，已无从考证

木匠的儿子
为了摆脱木匠的命运
打造一具绞刑架
（哦，做成了十字架）
它升降，从不停歇
成为永恒的梦境
保留在我们贫瘠的记忆中

刽子手的胡须上沾满鲜血
维罗妮卡悄悄打开汗巾
寻找那唯一的形象——
没有眼睛
没有嘴巴

白鹿放归青崖
香客在芭蕉树下焚烧偶像
每一面镜子中

都看到了木匠的儿子
没有眼睛
没有嘴巴

我们隐讳地承认
人人都是木匠的儿子

归去来兮

大雪封山，星辰陨落
你点燃十字架
在火的卷宗里
阅读朴树的往事

你扛起铁锹，走出家门
缄默的夜莺在树林里鸣叫
青山更加寂静
灰喜鹊的会议无休无止
凌晨，你一锹下去
挖开藏匿在镜子深处的谎言

野兽从他们的巢穴中窜出来
风所雕塑的骸骨艺术走进博物馆
世界正走向衰老
万物的主宰者已疲惫不堪
你在烈火中祈祷
毁灭吧，新的七天就会降临
你在流水中祈祷
归去来兮，一切皆归于零

在时光阡陌的尽头
地下热泉汩汩流出
脱光衣服之后，我们凝视
赤裸天使在热气的迷雾中飞升

墓　地

年轻的早晨，我们
从集市中走过
拨开麇集的苍蝇
穿过栗树林、片麻岩
以及一片南瓜地
进入未来的墓地
怜悯芬芳，振动羽翼
为无数的亡灵所簇拥
洒下尖锐的光芒

水蛭专家——客观的观察者
已然成为永恒的一部分
不再依附于时间
在松针覆盖的幽暗泥土之中
他正与骷髅交谈，谁也不能打扰他
这是生活给予他的最高奖赏

主宰者依然雄辩
他的剑已生锈
坏消息不断传来
他的权柄终止于墓地

卑伏着，爬向他的不过是
绿头苍蝇和提线木偶
连他的御用魔术师齐托
都返回到自己的坚果之中

青葙枯立，松果
落上一层白霜
清风吹过脸庞
我们坐在死亡的门槛上
轻声哼起儿时的歌谣
蕨叶闪现，水在叶脉中流动
草木枯萎，突然长出一朵花
哦，我们即刻认出——
那是我们丢失已久的面容

秋天的高度

斑鸠落在烫金的乌桕树上
秋天的高度不过如此——
信任一只鸟，信任一棵树

树下，道路尽毁
谜语般的冰少女
未留下任何遗嘱
消融在残山剩水间
燃灯者彻夜未眠
在孤独、泪水与醇酒中徘徊
在山谷中重返童年

群山愤怒，草木燃烧
……急切的风暴
黑羊迷失于十月的丛林
大地战栗，传来
白色的喘息之声

赞　歌

如果遇到一位盲人
他的眼中正长出一棵质朴的桃树
请为他掬一捧清水
请为他冒险微笑

我们写下矛盾的赞歌
抱来裹尸布，投入冬天的炉膛
火焰缔造的花朵
……在纵情歌唱

他那尘土之心
在黑夜里睁开双眼
忠诚于火，忠诚于你

城南旧影

关于生命的一切玄学皆不起作用
兴奋剂已经失效
催眠术更是多余
在过道中，他制造
小规模的沟壑
物什在其中蓬勃生长
——开花、分蘖、繁殖
他重新定义了拜物教
有人说，你是艺术家
他笑而不答

木刻雕花已漫漶不堪
征收的印戳盖在每一个转角之处
他光着头，滞留在
自己培育的丛林中
他无意与世界争夺领地
他不过是在经营时光的杂货铺

死亡，独自玩着他的阴暗魔术
阳光照在额头上，微弱的反光
迅疾击溃这可笑的把戏

蜘蛛一动不动地伏在房檐下

他走过去，轻轻地推它一下

——“春天来了”

七　日

第一日到第六日
雾霭中饱含尘土的腥味
喧嚣从遥远的北方一路南下
抵达虚无之海

第七日，幽居
在狭隘的房间中
危坐终日
深夜，枯寂获取永生
我便出门去看花

蔷薇，忍冬，紫叶李
抛弃隐喻，派遣
渐次绽放的花朵
在黑暗中微笑

夜的两副面孔

这里的夜晚有两副面孔：

一个留给他的永久居民
意味着坚固、圆润
像鹅卵石，经历时光的激流
倨傲存在于天地之间

一个展示在游客们的眼前
多姿，且多情
他的馈赠来得慷慨，接近无限
似乎为了偿还前世的欠债

萤火虫，明灭
贪婪，试图进入两种面孔
结果呢，还是加入到了我们的阵营
短暂的生命迫使它所购买的
是一次性门票——
在这一点上，我们并无不同

当我感受到后者时
成为前者的愿望就越发强烈

星辰追慕者

薄雾与暮色，笼罩在
村庄、河流与树林之上
秋天触手可及
空旷无当的大地间
我游荡，进入我的河流
偶尔，在土丘上驻足
渐至缩小为尘埃
嗯，这就是原初的样子
可以飞翔，不至于冲撞人群
随波逐流，毫不影响人类的道德水准
朴素的时光中，我依然是
那个狂热的星辰追慕者
——在黑夜里漫游

酱园街忆旧

——致商略

十年前，雨水打湿
我们尖锐的脸庞
带着酱园街的迟疑
流进姚江，汇入大海
阳明先生的铁马冰河早已逝去
十年来，中天阁微弱的灯火下
你格了多少块古砖
打捞出多少旧光阴的秘密
而你，亦如砖墙里长出的肾蕨
越来越透明，越来越轻盈
五年前，我开始栽植翠竹
院子东头一棵，西头一棵
又热情不减地为野草施肥浇水
虚度光阴正是我微不足道的良知
我们喝下一碗稀粥，柔软的内心
便成为一片沃土，无数植物
在我们的体内生长

淮河边

他们[*]把惆怅，徘徊，孤寂
写在水云之间
夕阳照耀着芦花
水面的白光一直延伸到天际
江湖并未老去，衰老的是
那座曾经生长着繁盛青春的村庄
——人类古老而又幼稚的心灵结构
从唐朝走到今天
它已被尘埃所接管
谁曾在那儿定居
谁也必将从那儿迁徙
又一个黑夜来临
月亮不再抒情
他分属于两个时代
从前的，现在的
在沉默的时光里
他赋予长空和水流
唯有静穆，忧伤

---

* 韦应物、常建、白居易、苏轼、王安石、米芾、秦观等多位诗人曾造访淮河边的古城盱眙，并写下诗篇。

登如方山

走过一片菜地
再经过一片坟地
就进入了山林
朴树独立缄默
栎树沙沙作响
双脚踩踏在
堆积日久的枯枝败叶之上
发出微弱的声响
你为寂静而来
此刻的寂静，向浩瀚蔚蓝的天空延伸
当你收回目光，丈量
眼前这有限的世界
就会轻易地洞察
苦恶鸟并未因冬季的到来而减少
野兽如此疲惫
早已让位于人类
那只红腿小隼恐惧的瞳孔中
倒映的是焚毁的星辰
和人类最后的废墟
我们知道，我们看到
当月出树梢时

它扑腾着折断的羽翼
愤怒而忧郁，以鲜血
污染着这片大地

因为雪

——兼致卫东、维生

因为雪
我们从自由禅房中走出来
我们置下墓地
写下美和迷惘
我们用花朵供养天空
把墓志铭刻在大海上

我们走到世界的尽头
进入幽深的甬道
黑暗的浮力使我们飘浮在半空中
当我们适应，我们就感到自在
当我们前行，重力就在不停地溃败

栎树在冬日的阳光中闪烁
我们点燃一盏灯
只为自己
在漫漶逶迤的黑夜里
发光，发光
即便它没有使臃肿的黑暗
损益分毫

单纯的矛盾，最后的玫瑰
瘦天使沿着山毛榉上升
时光模糊
我们到达安眠之所
那是山峰，也是大地
触手可及的雨水
正洗涤幽暗
下降的，意味着
更多的光和花瓣

三角湖

——在江汉大学，兼致宗宣、李强兄

火，漫不经心
驱使我们走近你
夕阳在山，荷花已凋谢
栾树的花朵随风而下
像雪花，安静地落在头颅上
白云的印戳，时隐时现
在水上移动
湖面阔大深远，向星辰延伸
以沉默恢复被打破的平衡
那些卜居者一如从前
身着缁衣
漫步、翔集、深潜，或者散落
隐逸在繁杂平庸的树丛中
及时光的阴影处
他们的辞典里没有远方
他们只是拥有每一个时刻

每一片羽毛，每一片树叶
都像一滴水那样
走向纯洁，接近无限
叫我们心生嫉妒

因为我们殚精竭虑

探究一生

也没有长出一片

水上森林

春天摧毁了大地的防线
一种古老的幻灭
将忧郁发展成充盈的花朵
在月亮缺席的时空中
成为存在的明灯

黑夜是沉默的帝国
丰饶，确凿
水杉林、二月兰和四溢的水道
摒弃由来已久的偏见
在黑暗的庇护下
相互滋长，相互融合

白鹭在黑暗中飞翔
星辰一直追随其后
废黜阳光下的阴影
他拥有一个完整的自我
——即便那么小，那么微不足道
粗鄙的光芒一一褪去
失败的时刻悄然降临
他获取那份属于他自己的自由

凭借越来越深重的黑暗
他喂养着卑小而又独立的自我
也许，他渴求的是
一种毁灭

独角兽

一大群浮游生物，生生不息。
花朵簇拥的宝座，歌颂刽子手的王冠。

蚂蚁山，叠加了雷同的文化层，
栖息着在蓝墨水中浣洗过的蚂蚁。
他们没有嘴巴，他们没有面孔。

大江，大河，禁城内外的坟茔，
在大雪笼罩下，叹息。
外科医生，生而死，死而生。
历代大师从不间断地
在深夜祈祷，在黎明前梦呓……
从未阻止这河山的器质性窳败。

火山内部，孕育过纯粹的果核。
岩洞与大地，玫瑰闪电
降临，又迅疾消失。
历史的禀赋，沉默的黑洞，
如此强大……吞噬一切事物的眼睛。
胜利者假寐……
吸收所有的光。

独角兽，一个噩梦。

云中鸟

隐逸的林壑已沦丧，云中鸟
飞过昙花庵，必然星球的眼睛。

漂泊者，曾经死过。
现在，他活着。
在无当的天空下，
啼鸣。

大江的罅隙，溢出
幽心。
是的，他没有子嗣。
蕉下的蝴蝶，
在死亡中受孕。

对　饮

你苔藓的静默。
伫立在阔叶林的阴影中。

五月，风暴的峭壁。
你捡起松果，跨上灰马，
越过开满蔷薇的山丘。

一枚榛子，少女指南针。
你从尘世的烟霞中出走，
穿过坡地，走向林中坛城。

羽状的玫瑰火焰，在绿色星辰上，
燃烧。薄暮时分，我们取出烧酒，
对饮。一杯又一杯。

形与影，携手天地间，俯仰啸歌。
混同于野兽，载歌载舞……
震落树梢间无数的尘埃。

请　求

把原来的嘴还给我，
我要喝水。

把失落的双眼还给我，
我要巡视我的渺小王国。

把那把残破的瓦刀还给我，
是的，泥瓦匠的活计使我安心。

把愚蠢的权利还给我，
我要在梦中沉睡，永不醒来。

哦，羞于说出战栗的少女。
那是寂静的水蚌，最后的请求。

离 歌

山水在谈话，云与雨的离歌。
迷惘的琴弦，理解
一朵玫瑰花的朽烂。

朝菌和蟪蛄，居住在石头中。
黑暗简化了事物的面孔。
理发师弹奏苍白的草茎。

一碗清水，尘埃的梦呓，
倒映苍老的皮囊。
墙上的人，没有头颅。

世界沉默如是，虚伪的影子
纷纷坠落，倦于贞洁。
羞怯的平衡木，走向远方。

青花瓷片

司空山

立雪人，沉默寡言
从贫乏的雪夜出发
拨开尘埃与人群
穿过空地、麻栎林

枫杨的树杈指向天空
槲寄生开出米黄色的花朵
思空者跨过卷篷桥
走向群山，走向暮年

月出空山，风从云中来
司空山上，他卸下衣钵
两手空空，心亦不再思空
野马飞越真理与存在的争辩

大千世界，十万生灵
在手掌间流进流出
冶溪两岸，鲜花怒放
此岸彼岸，已无分别

富春山居图

——过黄公望隐居地，兼致立波、陈铿兄

从水上到岸上
从城市到山林
仓皇之下，辞别尘世
我抵达了庙山船埠
沿着山径，向坞里一直走
就走到白云的故乡
走累了，就坐在石头上
反正再也走不动了
纷扰世事如山涧溪流
从我孱弱的内心川流而过

栖居在庙山坞
只需在这儿搭个草棚
一天的生活从晒太阳始
以观山景终
云在天，水在溪
偶有白鹭从头顶上飞过

当薄暮降临
就拿陶罐取水
在空旷处，支起薪柴

煮茗，火苗上蹿
照映着或深或浅的命运

黑暗似雪，如期而至
一夜无梦

叶小鸾

——过午梦堂遗址，兼呈苏野

叶家埭，砌在猪圈上的石头
隐现江湖的哭泣，故国的祈祷
一页连着一页，人世与水的卷宗
风裟雨钵，三百年来一成不变
你的梅花依旧恪守着季节的律令
在午夜的睡梦中栖息，开放
那个用纯洁编织花环的小女孩
在琼花之镜中，看到了心中的林壑
烟霞升起的地方即是她的归宿
十七岁的某一天，暮雪降落
为了抵抗丘比特之箭，她
打开盛满青春奥秘的小盒子
——哦，它就是死亡本身
她怀抱汾湖石，沉入命运的湖底
沉默的码头，俯伏的旗杆石
散发着时光干草的味道
午后，果核收集者
走过颓垣废井，走过瓜棚
取出一滴血，滴在水面上
看啦，云朵与鲜花的废墟间
正升起一位永恒的少女

过岳西惜字塔

面带羞愧，我们
卷起泛黄的经卷
——仓皇间写下的错别字
把它们投身于烈火
送走每一片背影，亡灵的尘土
以及空气中的每一个手势

花瓣在溪水中游荡
我们面无表情，超度一棵树
盲目的时光里，所有暧昧的灵魂
都被纸灰与谎言所覆盖

狂欢的巫术，是我们最后的舞蹈
这场对话疲惫而又漫长
火焰如流水，惜字塔弃绝言语
飞向沉默的蓝色国度

读《镜花缘》

除夕午后，女王的仪仗
从迷雾中升起
公鸡们扯起嗓子
齐声高唱绿色的赞歌
小精灵，为沉睡魔咒所控制
蜷缩在树洞里
哎呀，他正在出水痘

白昼走向黑夜
暮雪与尘埃，缓缓降落
女王的命令同时抵达
时序颠倒的森林
顿时喧嚣起来
森林之火，点燃
双面幽灵的身体
百花齐放，赤裸的旗帜
迎风招展，献媚于世俗的权杖

百花仙子，被罢黜的小神
从废墟中走出来
从尘世里取出肋骨

在腐朽的子宫中，孕育
超越重力的种子

哦，她卸下苍白的容颜
走向与野兽的战斗
用最后一滴血，弥合
严冬与沉寂的骨骼
从此，她不再是
任何人或神的同时代者

光福寺

跨过古寺桥，就踏进光福寺
太湖之水吞没我残破的皮囊
一场春雨，将形而上的幽灵吸收殆尽
当我们登上舍利塔
田野、群山、湖水都在向下坠落
肉身依附于梅花
缓缓上升，湮灭在
时代的棉花糖中

过梓潼古蜀道

黑色神殿的后面
柏树林森严壮阔
筑成大地与天空之间的隐逸小道
丰瞻静默的生命伫立在蜀道两旁

身在其中，沉迷于
散发出铅锌味道的空气
为某种历史性的哀伤所侵蚀
七曲山，连同怀抱中的大庙
在深邃湛蓝的夜空下
形成了一座更大的庙宇
神祇们轻手轻脚，飘忽其间
天上的星辰，人间的蜡炬
日复一日祭祀着不安分的神灵
当我们低下头
一切喧嚣便凝滞下来
心怀悲悯，走向祭台
春天原来如此寂静

夜访七曲山大庙

神仙们在永恒的时光里闲混
打发无法穷尽的日子
收取跪拜和香火钱
无聊且庸俗
他们后悔莫及
早早丧失物质存在的基础
丧失爱与忧伤的能力

生者在山下，死者在山上
哦，我也是尚未赴约的神仙

岩石上升起蓝色的火苗
神仙们戴着面具，无声地舞蹈
提灯夜行者，在黎明到来之前
把黑暗化为灰烬
在万壑松风中，支起
燃烧冰块的焚尸炉

最伟大的命运乃是不曾出生
我祈祷一个适时的死亡
超越命运的巅峰

料峭春风中

死亡之灯熠熠生辉

在松柏萧萧的蜀道间游弋

如同晨曦中的第一朵玫瑰

过永慧禅寺，遇虚谷上人墓

那只误入尘世的白鹳
疲惫不堪
春天到来时
却忘记了飞翔

湖水杳渺，松风似偈
沉默的人送来一封信
谶语在他如铁的内心苏醒
鲜花开放的清晨
他披缁入山，于湖边结庐
在属于他的栖息地上
席地而坐
啖肉，饮酒

栎树与知了，为他茹素
波涛与寒风，为他念经
露珠挂在山毛榉的枝头
倒映着人世的灰烬
和他那纯真的醉态

五月的岩石
在水中缄默

拟　古

——访常熟破山寺

破山寺慵懒
平卧在山涧旁
滚滚红尘中，越发孤傲冷艳
草木泉壑间，如山歌般质朴
它静默存在
铺陈为散淡底色
彰显出时代的喧嚣

万籁此俱寂
蝉鸣唤醒了光阴的脚步
在这敞开的时刻，所有的秘密
都隐蔽在寡淡的门脸之后
即便经历如此多的日出月落
人们还是游移不定，总是
没完没了地穿新衣戴新帽
从不知晓，也不愿知晓
流水会带走所有落叶
清除你获取的种种成功
相反，尘土会下沉
给予失败者以永恒的奖赏

石经幢

诸佛站在高高的石经幢上
面目漫漶，茫然地空对八方
他们目睹桃花凋谢，世界坠落
他们清静无为，从不说话
羞赧化为尘垢
灿烂成为云烟

雨季来临，大运河的水
从下塘河回溯
漫过人声鼎沸的街面
漫过祖先们的灵位
佛陀便在云朵间
拈花，微笑

二泉映月

——谒瞎子阿炳墓

天空布满阴霾
灰椋鸟迅疾掠过
他头戴毡帽，形容枯槁
行走在五月的鲜花中
涉过污浊的河水
莲花在他身后步步开放
他在欲望的丛林里徘徊
五彩斑斓的蘑菇在他的头顶上飞舞
他为自己立下墓碑
像小学生一样，一笔一画地
镌刻着人的完整性

山川苍茫，红尘遥迢
时光洗涤千年的尘埃
从石经幢上飘落
落在他双眼的黑洞中
如雪花飘落在大运河面
热泪吸收了它们
前尘往事如万壑松风，呼啸而过
那些喧嚣的
那些羞耻的
那些闪烁的

那些阴暗的
都归于火，归于尘土
归于二泉淙淙漫流的澄净之中
白昼亦如黑夜
黑暗亦如光明

当世界寂静下来
他就拿起二胡
颓坐如土，即兴演绎
他那不可更改的命运
月光如水
从他残破的身体中潺湲而出
二泉如月
在疎旷的天地之间回荡着人世的赋格
那微不足道的时刻
他的双眼噙满泪水
星星在其中次第绽放
他携带着双脚走过大地的泥土
他携带着烟熏缭绕的哀愁
如清朗少年，御风飞翔
飞升到仅仅能够容纳他一个人的星球
——那粒尘埃，那片故土中

每当我抬起头
就能看到那颗星球
哦，眼睛
那正是他明亮的眼睛

卧龙岗

戴胜掠过的侧影中
碑文无穷无尽
向低垂的天空延伸
我们头晕，肉身消融
在尘土飞扬的地平线上
被不可磨灭者所吞噬

那个智慧的人
躺在永恒的祭坛之上
用托盘献上自己的心脏
我们意淫，秃鹫一般
噬食着他的遗产
借以交换的是
不可逆转的生活与死亡

画像石中居住着我们的祖先
他们的肉体沉入黑暗的地心
灵魂不断上升，并在植物中复活
神祇的使者带来大海的讯息
花朵秘密书写着泪水
六月在歌唱，叩击监狱的铁壁
在空旷庞大的暮色下
轻轻回荡，永不停歇

卢舍那大佛

——呈风华、臧北、苏野

我们有一座秘密花园
长满了命运各异的玫瑰

来历不明的山峰
成为一座座信仰的棺椁

来历不明的星辰
走散在寥廓的夜晚

时间毫不留情地殄灭帝国
同时留下伟大作品来证明

帝国的情人伫立在龙门山
绚烂的玫瑰死于红斑狼疮

伊河匆匆，从历史深处汩汩流出
倒映着少女瞳孔中羞赧的微光

当我们爱上一块巨大的石头
轮回而至的命运与从天而降的黑暗就将我们团团围住

陶渊明

纵浪大化中

——陶渊明《形影神赠答诗》

江流湍急，江面苍茫
淡泊者站在渡口
不断地从密集的人群中
抽身出来
回到一滴水中
趋于火焰，趋于无尽
趋于万物无分别

欺诳如浊浪滔天
一浪接着一浪
黄昏忧郁不堪
他徘徊在孤寂的火山口
人们推翻了他的塑像
他起身上船
放下普遍性的辎重
在无言中获取舌头
烈酒、菊花和琴声
保存着他婴儿时的模样

夕阳照过来的时候
他俯身在江水中洗手

命运的瓦砾
一片又一片
散落在时光广场
在此岸，在彼岸
他把自已深埋其中
当你偶然从此路过
那里就会长出一棵
沉默的草，甚至开出
一朵淡蓝色的小花

在碧山

问余何意栖碧山，笑而不答心自闲。

——李白《山中问答》

岩石静默，螽斯调笑
山羊在深夜里叫唤
秋雨轻佻，不期来访
北斗星固执己见
坚守着他的木头宝座
青葙高举烛台
哦，气鼓鼓的投降者
布谷鸟在云门塔下啼鸣
与隐秘的情人互诉黑暗

苦槠树在月光水流中复活
人性的露水，如明镜
高悬在枝头
黑色的重力，似恶犬
虎视眈眈
担柴少年
肩荷迷惘的呼愁
在旷野上踽踽独行

途经苎麻地，穿越世间吝啬的小路
他的双眼涌出绿色的泪水
深沉的命运
澄明，敞开
在碧山的清晨

夜访鸠摩罗什寺

我从西方来
我从喧嚣中来

夜雨滴落在梧桐树叶上
在汉语中，我安下一座隐秘的家

薪火只能摧毁我们的形骸
舌头终将化为舍利

我们成为自己的供奉人
供奉舌，供奉语言

不可言说的
皆密封于塔，深埋于地

无所住心者
在塔下徘徊

过阳关

黑暗笼罩之下
万物谦卑
寂静的种子汲取大地的汁液
黎明前，闪现微光

酸雨洗刷着墓志铭
那些爱慕已经逝去，包含
我们全部的青春、我们所有的死亡
我们驻足，聆听死者的呼吸
从干涸的绿洲深处，听到
婴儿的啼哭

你满身白霜，肩负雄鹰
从远方归来，从死亡中来
尘埃漫天如春天暴动的花朵
你骑马归去，踏进永恒的死亡之河

莫高窟

羊群、骆驼和白云在移动
我们也在移动，有时低飞
蜻蜓一样，毫无章法
世事流转，佛陀依然沉睡
阴影里储存着有限的真理
如同错觉，瞬间存在

道士塔下，时光辩驳者
失去静默的权利
陌生的尘土孕育着花朵
冒出一缕青烟
为了最后一滴眼泪
我们穿过坟茔
在八月的流沙上
静静地写经

浮　山

九月的最后一天
青鸟衔来一片白云
雪浪排空，山茶花独自开放
我们在灵岩前种下一棵枞树

素月初升，我们
渡过白荡湖，穿越黑松林
爬到那块巨大的石头上
手指停留在空气中
夜的灰烬将它淹没
指月者沉默，飞向
虚无的星球
解放被禁锢的舌头

既然来了
我们就下盘棋吧
不论输赢，足可抵御失眠的秋风
火山在晨光熹微中沉睡
落花流水并非人间
重力，浮山的守夜天使
遣送我们返回

当双脚沾染尘土
我们就发现——
自己两手空空
斧柄早已腐烂

停　云

——拟陶渊明而作

青春的河流穿越碎石山谷
菊花芬芳，梧桐寂静

被废黜的星辰，面壁
领悟迷雾中的卷耳

写满生活教义的信笺
砌筑鼹鼠的洞穴

火苗、琴弦与涩果
在风信子的国度里腐烂

孩子们踮起脚尖
凝望星空，蓬蒿正在天上舞蹈

过霸王祠

——致米丁、津渡、苏野、杜牧、臧北

那棵构树躯干苍老，姿态年轻
端立在门口，像个人物
从树杈间瞭望过去
阡陌交通，隐现在朝露中
偶有几只麻雀飞过
——带着俗世的聒噪之声
隐逸在树梢间的杜鹃
为了配合一场怀念的表演
开始不停地啼鸣
作为江东子弟，我们
身负不可知的命运继续生活
怀揣卷土重来的梦想
登上高垄，进入享殿
在阁廊间徘徊往来
像在虚构的迷宫中
沉默地漫步
壬辰年，雨水日
我们点燃香烛
泯灭杂念，心无所求
只为这失败的偶像——
当他卸下英雄的铠甲
春天就向我们
走了过来

不知迷路为花开

——谒李义山墓园

帝国的夕阳，远离
炎热与骄躁
必然地获取了清凉自在
照映在回乡的阡陌之上
那些走向成熟的麦穗低头不语
那些打碗花摒弃自艾，悄然绽放
暮春的知了肆意鸣奏
根本不理会时代的忧伤

爱如流水，恨似浮云
它们不及饱含死亡的尘土
沉重，而又深远
在幽深的时光中
我们迷路，却又看不见花开

从空碧的山中归来
暮色已浸染白发
衣服携带着雨水与虚籁
天地之间，一叶扁舟飘摇隐现
梦醒时分，我们抵达了家族墓地
抵达了生命与泥土最密切关系的核心之中

请告诉人们

人类的一个微弱缩影——紫薇郎

在此沉睡，请不要

把他从梦中唤醒

光孝寺之路

我从空中降落
就来到光孝寺
静坐在菩提树下
面壁观心，此刻
风不动，幡不动，心不动

我能看到的更多——
看见白云如水，在戒坛上空流动
看见如雪的黑发飘落一地
洗钵泉冲洗着达摩大师的碗筷
还有他从海上携带而来的雾霾
瘗发塔清瘦如僧，幽埋着
禅师有限的客尘
我能看到的更少——
一片菩提树叶倒映了我的一生
叶脉清晰，显现沟壑与河流
它渴望一无所有
正如它自性空寂

晨光熹微，我便起身
拾起这片树叶

忘却那棵树

就像轻轻提起自己冒昧的一生

——无足轻重，却不可避免

马可·波罗小传*

他从风的故乡来
他骑一匹白马而来
他的行状与生涯也如风一般
洁净，且没有痕迹
他来到我们这个帝国
确切地说，是来到我们居住的城池
他先后在菜场和超市中迷路
他对促销与会员制一头雾水
对于讨价还价也一无所知
他不知迂回
很快，他就无聊和烦躁起来
人们就怂恿他去杀人
要么就认屃，跟他们一样
甘心做一个平庸腐朽的人
他无法学会成为城里人
——他们全身心地憎恨生活
却从未曾想过离开
也因为这一点，他还能飞驰
有时候能摆脱引力

* 见《马可·波罗游记》。

在空中飞翔一小会儿
也能爬到山顶，去数一数星星
面对浩瀚的帝国与无尽的生活
他的智慧日益枯竭
他每说一句话，脸色就更加苍白
他每一思考，偏头痛就疯狂发作
他蔑视信仰，荒唐的塑像林立
在他要去的每一寸土地上
他并不敬惧
也不匍匐在地，俯首跪拜
对抗是如此之深
他还是无法寻找到真理的影子
他只看到一块城砖
——据说它已经历数十个世纪的风雨
于是他信奉它
经过他身边的人
却投给他鄙夷的微笑
在这里，没有疯人院
他为此绝望许久

当黄昏降临
他看到了亲切的夕阳
地平线之外也许就是他的故乡
他无法计算出
这一生，他吞食了多少黑暗

才侥幸地换取这片刻的宁静
在他弥留之际
他的白马哒哒而来
载他归去，没有迟疑
死亡给他带来自由与风的欢笑
这一次，他回到了永恒的故乡

访三峰禅院

野草花，漫溢小径
向上走一百米
桃花开放，黄墙跃出
禅院的门敞开
门口斜立着
一簇翠竹

面对浩渺的太湖
佛陀缄默
出家人正在燃香
我说，早啊
他念道，阿弥陀佛

朝露，夹杂花瓣
装点我的布鞋
走下山，就踏进
那由来已久的烟波中
茫无涯际

过宋陵

帝王的权柄早已朽烂
我们绕过细密的荆棘
爬上高高的荒冢
践踏安顿于此的灵魂
由于歉意，我们沉默
静对夕阳，如同默哀
青色的麦浪涌动
好似浩瀚的大海，奔腾向前
延伸到地平线之外
这抔尘土崛起的地方
已丧失权力，置换了
孤寂的尊严
永恒的胜利者，给予
石像——麦田守望者以褒奖
这叫我们嫉妒
他平等地召集我们
席地而坐，取消中心
又次第安排我们在地下相见
那里有世界上最盛大的舞会
不远处，衰退的乡村隐现在
薄暮的微光中

泡桐树正在开花

大地的晚钟呜咽悠长

世界，迎来又一个漫漫黑夜

过运漕古镇

砖与瓦归于尘土
回到原点
房宇被时光所肢解
唯余苍老的骨骼
矗立在裕溪河的左岸
像漫漫黑夜中的十字架
兀立在这物质繁盛的时代
鲜花已凋谢，鼓声已停歇
河水带走数不清的草席——
每一张草席都承载着一种命运
它们曾经是那么迥然不同
但最终又混淆在相同的记忆中

残阳照映在肮脏的河面上
河水不顾廉耻
继续洗涤着整饬的青石
一只黑色而孱弱的野猫
从码头上急速穿过
它那惊恐的瞳孔中
闪烁着旧山水的灰烬
一场溃败，由来已久
如此悠远而慢惰
并通往未来

抄《景德传灯录》

我接近你
就被无情地灼伤
这是我唯一知道的事情
梦亦无益

太湖禅寺

无用禅师的世界
就是两个事实的总和
一个是一人日夜开辟，建成太湖寺
另一个是从此以后，他把自己交付给沉默
我试图撰写他的传奇
也许是编一个神秘故事
然而，一旦读完它
你就会说：
嗯，要是早一点看到结局就好了

从　此

——抄佛经之一部[*]

从此
他不再追寻生活的意义
就像不再期待六月能有漫天飞雪
从此
他不再为方向而迷茫，他对前途与往事置若罔闻
就像探究河之两岸：彼此之间多么相似，相互混淆才是它们持久的爱慕
从此
他抛弃一切已有的或正在形成的福音书
心怀喜悦地屈从于一次日落的偏见
就像大自然的魔术表演总为蛮狠的季节开道一般

如是我闻
“他像犀牛角一样独自游荡”

＊出自《经集·伪经》第三部第三节，原为巴利语。（作者伪托）

金　针*

十一月的最后一天，雨夹雪
你在山上刈草除木
拿起背弃已久的瓦砾敲击竹筒
沉闷残破的声响使你想起了导师的教导
轻易地发现自己体内所携带的财宝

你为我缝制的衣衫
加于我身
如今有了破损
想借你的针线缝合，哪知它并不存在
我翻遍口袋，盲目寻找那根必然属于我的金针
直到黑暗降临
我才开始不慌不忙地学习女红的技艺

---

* 出自《古尊宿语录·臧禅师卷》第九章。（作者伪托）

夜读《老子》

他从北方来
秉承风的习性
潜入黑夜，藏匿在背街的楼道中
夤夜修习虚空之术
凌晨，他拿起笤帚
仔细清扫人们活动制造的遗迹
——痰、粪便和面具
当正午的太阳迫使他的影子隐到自身之时
他想起一个关于重玄的玩笑
于是他就拿起一张洁白的复印纸
折一架纸飞机
他折得很慢，折了很久很久
直到净月当空
他才乘上纸飞机
在暧昧的月光下飞翔
留下隐喻

明　夷*

——过余姚黄梨洲先生墓

他像锥子一样行走在人世间
左冲右撞，颇失书生风度
沉淀下累累伤痕
一次又一次地印证着他的星相术

借数理，他推演历史的谬误
掩饰着革命者的形容
内心的本质被深深包裹
借孤愤，他退隐静修
明夷之心鲜血淋漓
高悬在龙虎山葱郁的山谷之上

从尘埃出发
时间把他的深沉打磨得异常光明
以至于某一刻，在他的茔冢之前
我无法睁开双眼

---

* 明夷，见《易·明夷》。黄梨洲先生有著作《明夷待访录》。

采 菊

——读石涛

也许该挥手道别，也许该悄然啜泣
你的双眼幽冥澄澈

闪烁着侘寂之光
山河旧梦，在其中明灭

从有限的大悲哀与大羞耻中
你萃取了世界的普遍性

当你注视这世界
石头便开始歌唱

你所构建的微弱平衡
来自自我忏悔与必然的溃败

秋天来临，你采撷一朵菊花
作为隐秘的星辰，贴上脸庞

在扫叶楼，遥想龚贤

砍倒那些树
别问我为什么

梧桐树叶落满一地
深陷在世界之秋
在雨水包围下
渐自憔悴，腐烂
清凉寺的钟声缓缓抵达
我惊异于瞬间的存在
扫叶僧离开了，时光的囚徒
日夜收集内心的剩余之物
并把它们小心地贮存在纸上

秋风清凉，翠竹摇曳
落叶委身于空山
流水倒映浮云的背影
残墨铺陈，升起烟岚
明晰的时刻
我走进竹林，一片广袤的沼泽
索画的孔尚任还未到来
一切可触摸的事物都消失了

仰起头，才见秋月

像婴儿的笑脸

挂在夜空中

比想象的还要美

与商略访王阳明故居

一株苦苣菜
从时光的窗口探出身来
委身于阔大的天空
斜插在蓝天之上
他幽居在尘世深处
因为孤寂，越发纯粹
他为自己的内心而生长
夜晚来临，与星辰交谈
兜里装着白云和岁月
悠闲踱步，跟在自家的菜园里一样
在这个被称为余姚的南方小城里
他放弃尘土，仅靠清风和朝露
就在乱世上，傲然孑立
在倾圮的废墟中
他修长的背影
正欲乘风而去

谒施耐庵墓

——兼致桂林、干荣、明官

初冬时节
柿子树袒露出枝干
磊落干净
灰鹭飞向远方
又降落下来
栖息于灌木丛中
一片羽毛，静静地躺在小路上
指向幽愤

他卜居于垛上
隐没在蓬蒿之中
那些杂乱丛生的草芥正是一种命运
他迷失在这些植物中，并画下它们
世界在一片火光中毁灭
他在水中重建，随物赋形

夜晚寒冷寂寥
轻浮的云朵，飘来飘去
一颗微暗的星辰指引着他
指向更深的蔚蓝，蕴藏
他不可更改的缄默

岁月的巨大秘密
在无数飞来飞去的汉字中
呈现，闪耀着光芒

当他死去时
双脚沾满了泥土
散发着迷人的腥味

访佛陀庵遗址，拟戴本孝而作

——与朝晖兄访清画家戴本孝遗迹，戴曾在此庵小住

远山，河床
与白云相伴，逶迤而去
我从山中走来
走到广袤而又狭窄的大街上
水绘园的宴会盛大
却不可避免地叫人厌倦
在夜晚，我看到那轮明月
正是山中的月亮
山菊花开放的时候
我带着一身的尘垢
又回到山中
所幸的是，那些白云
还认识我，向我颔首致意
尘埃轻脱飞扬
每一粒都包含着一桩往事
不再与任何事物结合
世界不再流动
它们在鹰阿山麓集结，徘徊
随意地散落在无限的时空中
有时翩翩起舞
栎树站立在风雪中

从未考虑过避让
湖面寂寞，倒映着行走的横云
光明和黑暗的潮汐
交替冲刷着我的柴门
迢迢归来的，是我那颗高傲的心
废墟中已长出
一片苔藓，和一棵小小的楝树
透过树杈
我看到繁星漫天
那一颗属于我的星辰
在浩瀚的夜幕中，沉默

去楚国的寿州

秋风吹过，金色的旋律
在空中飘舞
携带着繁华和荒凉
扑向泥土
时光等待并收容了所有的谬误
我们由衷地慨叹
屈原的香草还在散发着幽香
阳光如故人的目光，亲切悠远
这是一个天赋的正午
我们正是庞大旋律的一部分
——微不足道，又不可或缺
参与者夹带着仓皇的命运
盲目地走进去
却发现它只有一条单行道
它是虚无的上帝
它是绝望的佛陀
只在某些幸运的时刻
你领悟到巴掌大的生活中
那些鲜花是真实存在的
像水，又像风
如同你真的从南京来到了
楚国的寿州

夜登春申君墓冢

——兼致世明兄

直到死亡找到你的时候
你才想起初恋的月光
蕲艾散发出恋人身上的香气
那一刻，玫瑰已丧失自信，你后悔不及
——没有提早把你的青春写进死亡之书
只好把遗憾深藏于地下
不管时光如何流逝，是快是慢
都无法改变这令人悲伤的事实

我爬上这巨大的土堆
杂草埋没了双腿
苍穹之下，星光挥洒着他的慷慨
在方形的顶部，来回逡巡
试图倾听你雄辩的诉说
可你，一直保持沉默
你的心多么渴望接近天空
你内在的童贞还是洁白如雪
仓促安顿你一生的
仅仅是遗憾吗
还是过早预言了的背叛
或无足轻重的死亡

南田生活指南

——过刘基故里

当山樱花开满山涧时
他把权柄遗弃在人群中
回到南田，栖迟故里
守着他的三亩茶园
晒着太阳，一坐就是半天
目送夕阳西下
迎接下山的牛羊
在他的内心，最偏僻的角落
依然保存着春天
并不需要探寻

夜晚来临，他就站在山坡上
与蝙蝠交谈，相诉黑暗
以及他们各自迥异的一生
星辰从未止息，一直在运动
交换着位置和自身的秘密
而他们，全然不知

桃花潭

——拟李白而作

桃花潭与青弋江
彼此倾慕，日趋混淆
静卧在时光深处
他们很少说话
他们跟我们一样
一味地沉默，忍受死亡的煎熬
星辰一直在闪烁
在寥廓的夜幕下漫步
疲倦地证明着——
每一天各不相同

汪伦不曾辜负这片山水
他在泥土中拥有唯一的席位
我沉睡在桃花般的声名中
时光改变无数河流
包括我这条细弱的小河
花开花落占据了我的一生
风雪与河水一同离开
只有秘密和黑暗，长久驻守

我惶恐地在世间走来走去

双手捧着自己的骨灰
不知安放何处
最后的夕阳擦干我的泪水
那些记忆和屈辱的沉淀物
在苍穹下无声地爆破
像桃花潭畔的桃花一样
绚烂开放，无惧凋落

秋浦歌

时光泼溅在矶滩上
静卧在黑暗中的岩石亮起嗓子
开始歌唱
奔涌的溪流中
荡漾着迟暮的春天
祈祷者信仰烈火和死亡
他们无一例外都迷失在河岸边
苍穹之下，他们的坟冢多么孤寂
如同冬夜里的寒星

山岚与尘土的交界之处
一只白鹭缓缓升起
黄昏暧昧
河面变得浑浊
羽毛在空中疾书
发出清越的鸣响
影子早已破碎不堪
这偶然的时刻
神圣，纯粹

他信奉黑夜，信奉酒的荷尔蒙

他举起酒杯，饮下云朵和星星
在迷醉中，他敞开心扉
让暴涨的秋浦河奔流进来
他自负，借修辞
展开一幅绵延的水的图画
这里包含了
他的羞耻和怯懦
以及潦草而匆忙的一生

哦，他和我们一样平庸
一样躁动不安
死亡带来最后的教诲
宽容不是我们的禀赋
只有无情的时光才玉成此事
从这一点上来说
他是我们中的一个

凌家滩

裕溪河的胸襟，
曲折，敞开。
羞涩的河湾，开满
野豌豆、婆婆纳、打碗碗花。
古老的粮站，如一只羔羊，
站在年轻星球的雨檐下。
舔舐自己的伤口。

蝼蚁，穿过隧孔，
在玉人的面颊上，跳舞。
凌家滩，没有国王的王国。
大祭司在幽蓝的黎明中祈祷。
猛虎出没于苍鹰的瞳孔，
天使的羽翼在跃动。

为了夺取火焰。
为了夺取黄昏的自由。
一场大洪水，摧毁了
泥土与玉石的奴役。

原始的爱，狂野似雪。
湮灭凌家滩，以及
它的白天，与黑夜。

虚无时刻

太湖石，青花瓷片
淹留在无尽的梅雨中
苔藓、蓝藻、桃花
在万物的眼睑下闪烁

太湖的正午，阳光趋于破碎
虚无，一座老宅子
从烟波间升起
胸中的烛火已熄灭
我们耗尽一生，只为
成为湖山之神的祭品

董其昌的江南
无垢、弦绝
蝴蝶落在残碑上
向卓越的匠人致敬

谷雨，一个故事

谷雨，月亮的渴求，
四月的燧石将他点燃。

黑夜，他走上祭坛。

没去老庵，也没有
落在如方山。
他降落在卧龙岗，诉说
一个故事，牧鱼者的诗歌月季。

上帝躲在春山中，
派遣杜鹃，不倦歌唱
走向土地深处的蓝色情人。

哦，大师侧耳聆听，
流水中的雨声。

天仙配

蓬莱村的春天散发出腐烂的味道。
迷楼与永生，让我们绝望。

四月，补衣人飞走了，
带着人类的血脉。

戴斗笠的人，背对时光，
独自饮下黄滕酒。

织锦上的蝴蝶，从梦境中
苏醒，飞向朴树，飞向苍穹。

他携带尘土，在积雨云上安居。
人类的孩子，迷失在繁花中。

太　湖

湖水浩渺
独享无遮的奥秘
苍鹭，携带头颅中的光
飞越水与火的三月
羽翼之谜，孤独的疑问
高悬着湖神的眷顾

金色山丘，堆在月亮的梦中
赞美迟暮的春天
收割芦苇的人走了
搬梯子的人，站在路灯下
眺望远方的群山
也许，他会想起
一个人，或一朵花

Macau，请轻声说出你的名字

西来的星光，注入
鲜花天使的发梢。
杜鹃，树冠中的黑衣修士，
带来夏日的变奏，
唤醒迟暮的诗句。
十字架，指向
苍穹的心脏。

山河寥落，重置的旧梦。
零丁洋的涛声涌向露台，
大海已发完最后三张王牌。

黑桃皇后，驰入寂静之地。
我们的命运，我们忧伤的嘴巴。
请饮下这杯蓝色少女！

浩瀚黑暗中，我们归于零。
Macau，请轻声说出你的名字！

鲜花木梯 |

扬州慢

流水修剪你古老的容颜
迷恋骸骨的人从琼花下走过
越过层层叠加的历史菌菇
我们翘首眺望
苍白的祖先们围坐在井栏旁

苔藓保持警觉
肾蕨从水镜中提取尘烟
带翼山民负琴而出
《广陵散》，血染的云朵
迷离于巷间之间
抱薪者点燃微暗之光
——一次性的火苗
只为他自己

在水的黑夜中
我们凿穿火焰
在小夜灯的指引下
我们沿鲜花木梯向天空攀爬
偶尔回过头，俯视河岸

忘　山

空气中充盈着迷离腐败的味道
是死神在翩翩起舞

忘山，大海缄默
忘水，万物寂静

我们种下忧郁之花
你什么都不明白，你什么都不知道

我们迟疑地走向世界的中心
在那里，死神正等着吞噬我们

小精灵

从前，有一个小精灵
他不在天上，也不在地下
上弦月时，他从我们的帐篷上飘过
他伸手去抚摸花蕾
花蕾即刻凋谢
他的双足踏入河流
鱼类就纷纷死亡

他高于野兽，低于人类
下弦月时，他从一场森林大火中穿过
灰烬、尘埃、记忆的碎片
落满了他的长袍
地火映照他沮丧的面庞
他折取世间最后一枝金枝
用草药洗涤污染与羞辱

睡梦中，他爬上一棵猴面包树
在树冠里安睡，鼾声四起
世界，静默下来
蜕去丰厚的躯壳

给津渡

我骑马，从山谷出来
哒哒而行

葫芦挂在院中
牵牛花戴在你的头上

我带走一片白云
暴风雨留给你

蚂蚁们还在森林里
玩着打木片游戏

当我看到海的大肚皮
孩子，我就抵达目的地

你能想到所有可笑的事
都发生在这个胖叔叔身上

我们坐在草地上划拳喝酒
就像我和你在家里玩躲猫猫的游戏

止 酒

蝴蝶，在菊花丛中飞舞，
从柴桑到南京。
超越山丘，超越河流，
在风中旋转。

一朵玫瑰即将凋谢，
一艘木船即将启航，
止酒的人，请在二者之间
做出选择吧！

你从雪夜走来，
一身纯洁。
在火焰中旋转，
飞向蜡人的心脏。

我们躺在柳树下，听风，
凝望虚无的星空。
药石、流水与琴声，
坚固我们的内心。

赵孟頫

作为大师
他理解花的生命周期
他理解戎装出行的必要性
他清醒地观察阴晴圆缺
他知道自己与我们一样愚蠢、一样庸俗
他写诗，以抵抗这场灾难
奇迹没有发生
他画下鹊华秋色
谢天谢地，借人类尚存对于美的可怜认知
他成功地嘲讽了时光的失败

天地有情，宽宥我们的无知
目送一段段荒唐的岁月
他把自己变成一块石头
加入到孤寂的山峰中
既心潮澎湃，又无动于衷
世界再大
他却从未想过离开

白　露

九月，白露为霜
金色的纯洁在时光中充盈
与我们的体温保持着一致
水流的面容如此优雅
宫殿隐没在寂静的浪涛之下
我的栗色小马在大江边嘶鸣
对不起，他的幽愤打扰了你

九月，白露未晞
为暴戾的生活降噪
中立的季节，风从海上来
修剪芜秽的田园
沉默的骑手从他的口袋里
掏出一枚蓝色药丸

白云聚合，众鸟飞回
流动的萤火中
我们认出了火山的颜容

亲爱的鱼儿咬钩了

扛着鱼竿
越过山丘
深入蔚蓝的大地

乌鸫，一个墨团
落在岩石上
眼睛不见了

灌木与僧侣的子嗣
逆流而上
建造更多的宫庙

我们什么也不说
在溪流中对饮
秋虫唧唧，梦想着
冰川纪的到来

破旧的马车向我们驶来
哦，亲爱的鱼儿咬钩了

乡村教师

他把那些下雪的时日
都压在台板下
孩子们远走高飞
他卸下肩头的小山
到山涧里唱歌
奔腾的溪流中
升起蓝色的翅膀
歌声辽远清越
盘旋着某种骄傲
（当然也夹杂着某种失败）
回荡在空空如也的教室里
又回到了山谷之中
而那些沉默的听众——
数不清的草木，森然肃穆
他把一辈子典藏在这山岚中
他有一种被洗劫一空的快感
似乎足以报复无数漆黑的夜晚
以及盛极一时的夏天
他将从这里升起
携带着兰花草的幽香
迎来永恒的静虚时刻

他从未后悔

他的一生如此苍白

只干过这唯一的行当

三河镇少年

夏日所剩无几
知了的鸣叫中饱含着最后的隐忍
谎言织就的裹尸布
漂浮在河面上
在三条河流交汇之处
隐匿自己
在纯洁的水面上行走
你要出门远行
你不会很快回来

薄暮降临鹊渚
你坐在金色的稻田边
反复读那张列车时刻表
苍白的唇间
花儿开放
我看到你眼眸深处
燃烧着火焰
遇见死亡之时
你在死之外
眺望大海

致一位离去的诗人

你把自己隐居到秋夜
黑暗中的蛩鸣
是你滞留的雄辩之声
你飞身而去
模仿风的飘逸
学习云的光影技法
致力成为虚空之术的研习者
哦，你是正确的
我们正向你走去

你小心翼翼
保留着那块橡皮
它不会擦去什么
而是相反，作为时代的单薄棺椁
封存你的存在
封存你那颗幼小纯真的心灵

我们走到下一个路口
你的尘世之马
嘶鸣哀号，徘徊不前
依然在原地，踏步，顾盼

我们唱起麦田守望者教给我们的歌谣
你就开始大笑，空气震颤
依旧保持着某种平衡
世界的文本从未翻过
停留的那一页
飘出你的白色嗓音
宛若天籁

南方之河

经过半个世纪的跋涉
他才洞悉这条南方之河的秩序
事实上，他隶属于此
哪怕这是一场无缘无故的灾难

他拥有贫瘠，这是他的合法财富
他凝视它，有时也去岸边散步
它流动，区别于逝去的姿态
零落而下的诗行，隐匿着命运

一个笨拙的旅人
在无人走动的黄昏
凝视着沉默的世界
河岸与群山燃烧起来
那么美、那么亮

零度时刻，万物静滞
他领悟到生与死的极端荣光
——心灵的微弱脉动
如同这条河，从未睡去

江　边

此岸是一个世界
我是此岸的一粒尘埃
彼岸是另一个世界
你是彼岸的一匹野马
我们相忘于江湖
相互成为对方的镜像
寒夜，使我们失语
并成为自我

每一刻逝去的江水永不掉头
不停地分蘖、繁衍
不停地死去，又不停地复活
他们的家族谱系与我们人类相似
既生生不息，又无足轻重
遗忘才是他们永恒的渴望

当我们成为两滴水
此岸与彼岸就同时消失
世界也只有一个
天地悠悠，镌刻在流水上的
是我们各自为政的自怜
以及溶解于时光中的虚无

潜行者

一艘艘轮船
向大海的方向驶去
将一个个世界带向远方
伫立在浩瀚中
他忘却河岸
向孤寂的地平线潜行

他那坚毅的内心存在
不时被潮水般的欲望所驱使
落下又升起，循环如月亮

夤夜时分
他利用水
创立一种宗教
然后，安然睡去

天山骑手

折翼天使骑着他的栗色小马
从博格达雪峰逶迤而下
松针铺落天山路
沿途的云朵纷纷避让
大雪纷飞的深夜
哒哒的马蹄声在幽谷中清冽地回响
他寂寞地寻找——
从他虹膜里驰骋而过的少女

哦，请不要想念我
我不过是一朵冷漠的天山雪莲
在星辰暗淡的时刻
抓住那短暂访问的彗星
上升，上升
错误的身躯，一直升到
神仙们的庙宇

骑手像走丢的孩子一般
在马背上轻声啜泣
他停下来，聆听
寂静的大海

在苍老的月光下低声吟唱

哦，请不要寻找我
我整夜漂浮在不倦死亡的湖面
我焚烧时间的床单
天山之瓮盛满尘埃和虚无
那里有一颗心灵
曾经完全属于你

烧　香

深夜，我们
心怀神圣
穿过坟场
爬到山岗上
到庙里烧香
佛陀沉默，菩萨低眉
火苗在北风中闪烁
我们能看到更多的星星
天上的，地上的

我们下山
谁都不说话

岛　屿

这么多年来
我终于如愿以偿
萎缩成一座小小的岛屿
在浩瀚的人世间
飘来飘去

那些门
打开过，又关上
只有穿堂风，反复证明
荒谬的生活方程式

我在高处居住
离水依然很近
大海如此公正
我所痛饮的，正是
无常的潮汐
和海水般的月光

酒中散步

每一个清晨
他都去阴郁的灌木丛
偷听植物们骚动不安的尖叫
发展着仅属于他自己的轻浮

每一个夜晚
他都无法安然入睡
作为美的异教徒
在酒中散步

海水反刍上来
占领浩瀚的宫殿
原野燃烧，卑贱的花草
走出了牢笼

大地蜕皮
他就是一头小兽
蹿出温柔的洞穴
奔跑起来

世界如雪崩
在他的脚下纷纷崩落

穿越沼泽地

我们走向广场
影子构成的人群
超越忧愁，将我们淹没
我们喝了很多水
纪念碑恢复为水的形体
出现一条更为便捷的道路

公厕里长满绿色的霉菌
苔藓植物与钟乳石
我们敬奉大自然，把它视为庙宇
世界的轮毂破旧不堪
辐条冒起黑烟，已迷失方向
祈祷者手捧循环显现的往事书
穿越沼泽地

山川与河流
卸下他们动人的妆容
在雾蒙蒙的天空下
蜕去赞美与宽容
在赤裸的大地上
专注奔跑，驶向虚无

秋风辞

秋风袭来
杨树林里传来
一个孩子的哭声
杜鹃啼鸣，绝望的和声
山毛榉沉默，高举
羞耻的旗帜

当我靠近他
哭声消失了
走几步，便迷路
我辨不清方向
他们替我戴上帽子

石子路

再次踏入刺槐小道
我就明白，失去的时光
是秋天的镇静剂
死亡，被揭下的便签
一张接着一张
幼小的心灵，唯一的容器
根本无法衡量

路上铺满石子，通往梦境
一条寂静的救赎之路
颠簸，隐现
炊烟里升起重现的时光

法罗斯的魔术师

大海深处，住着
法罗斯的魔术师
据说是位星空诗人
他靠数星星度日，吃星星为生
每当夜晚来临
他就提着布袋木偶
行走在海面上
撒下一堆小星星

暮山高低明灭
云影闪烁其词
灯塔站在世界尽头
——晦暗的迷雾里
在时间的终点
道德的航标均已倾圮
风暴即将在傍晚降临

他认出了风暴
可他已忘却
——何为激动

海边的卡夫卡

海边的卡夫卡
在沙滩上
写下最后一句箴言
走向禅定

白马背负闪电
从海的内心深处升腾
驰向盛大的秋天
是的，九月并不存在

穿着火红袄子的小姑娘
伫立在吊桥与风暴之间
瞬间冻住那头白鲸
——哦，他正在世界尽头撒欢

险峻的海岬上
他醒来，迎接毁灭
撕碎和解的玫瑰
猎取自身的大海

苹果园

残阳殷红，高悬于
塬上，空旷而扎眼
余晖照在苹果树上
树叶，闪烁着寂静的光
不再歌唱
那些苹果低垂着
像塬上的汉子
蹲在曲折而来的渭水边
从鬼魂争吵的地下跃起
引颈寻找吞食他们的嘴巴

盛夏的云端
同样居住着顽劣的精灵
他们龇牙咧嘴
咯咯地笑出声来
毫无人类的情感
浅薄地度测
苹果的梦想和灵魂的深度

从山上下来
黄色长袍充满了欲望

微风吹过就轻松地飞起来
再次验证人类的完整性

燥热时代
人们已习惯于战栗
就像苹果树的轻微晃动
隐秘而偶然

伊犁河

七月的伊犁河
喧嚣，躁动
通过沼泽与湖泊
他在高原上布道
在夏季坍塌的苍穹下
奔向绿色的童年荒野

燃烧的灌木林，溃败的军队
奔流不息的泪水穿越人类的家园
那些小小的云杉，伫立在
天山的风雪中
一个孩子从晨曦中走过来
他是多么的孤单啊

一匹匹野马
在流水的声音里赋形
我们从河谷低处，站起身来
在战栗的余晖中
御火而行，纵情歌唱
……青春的挽歌

高公岛

——呈蔡勇、傅野

海的舌头，被堤坝切断
他呜咽，静默
风暴直抒胸臆
解析我们的夜晚

纯真的黄昏抽出镰刀
越过楸树林
走向黑色的麦田
收割海洋花园里的星辰

在海鸥隐遁的岬角
水的燧石保持微笑
他恪守祖训
等待他的时刻

漂木标记着那片被拯救的港湾
欲望炼金术在巨浪中退场
看啦，那只幼小的信天翁飞了过来
晦暗的溪流在辰光中苏醒

重返故乡的悬崖

——为庄弘醒先生画作而作

少年的笛声依旧在河水中流淌
那匹白马，在廊桥上踟蹰不前
在酒楼上，孤独者啜饮夭折的黄昏
剑与花朵伤逝在无尽的梦魇中

暗夜，潮汐汹涌
吞噬着青春的胴体
你的缁衣，你的夜行
散发出青灯的微光

江南的瞳孔里，对影闪烁
星辰与水流的循环证明不了什么
遗忘抛弃恐惧，而你一无所知
自我流放者在屏风后醒来

你拿起画笔，最后的羽翼
画下黄灯笼，画下带血的芭蕉叶
哦，你正穿越石头，穿越火焰
重返故乡的悬崖

遇　见

遇见一片沼泽地，遇见一座桥
遇见一个十字架，遇见一处山

“远离人类和时间八千里”
就这样吧，我们不再从事蝼蚁的纷争

我们是永恒水果的一部分

我们既不属于历史的黑夜
也不属于沉默的白昼

季风强劲，占据烛台
超越存在，虚无的循环

请记住，我们仅仅归属于
瞬间，一次幻觉

身体花园，荆棘密布
植入的程序不可更改

我们是永恒水果的一部分
在蔑视间，品尝怜悯与纯粹

雪花贞洁，落地无声
消融在岩石与火焰的地平线

麦　田

在雾霾的庇护下
栾树逼近寒冬
撒落在大地上的坟茔
如星辰一般清贫

风在河面上颤动
冰底之水跨越迷途
月亮骑士，与尘土对峙
疲惫地奔突
驰向憎恨的最高时刻

麦田里的孩子
正走向风暴的悬崖

致米丁

小雪，一碗面的人生
正为米老哀悼
湖山残破，斯人横云
徘徊在帝国的阴影里
春天的处女献上醇酒
哦，痛饮吧
手握真理的微小国王
醉卧于十一月的长生殿
玛利亚，在黄昏时怀孕

紫蓬山

沿着山径，向天空攀升
我们在紫蓬山的体内飞行
越过山岗，越过麻栎林
积雨云正向太阳告别

霜降，那朵野玫瑰
从童年的方向走来
在草木的惊愕中，被放逐
在错误的夜晚，绽放

黎明之翼，抛下
喧嚣与果实
重返苍穹的源头

狗尾巴草之歌

大江的判决不带方言
狗尾巴草为你加冕
江鸥俯冲下来，致敬
梦中的蝴蝶

我们热爱顽石，我们从江边拿
我们热爱暴雨，我们从天上取
诗，酒……伸向高处的脚手架
爬上去，更加孤独

你龇牙一笑
豁牙间露出一条河流

小青蛙之歌

哦，青蛙小沙弥。
请带上荷叶与黑夜去旅行。

不要徒手攀爬悬崖。
薄冰，是你的家园。

你的女朋友在池塘里等你。
哦，不要假装！

请在大淖中受戒！
时光给予你救赎。

2666

——波拉尼奥，或一个下午的回忆

决定性的时刻来自大地的瞬间幽暗
未知的雨水不停地倾泻
如同他在从容而又紧迫间写下的段落
光线、人物和液态元素
在交融中呈现本来的面目

苍穹有时缩小，有时放大
从城市的纤尘到繁复的人世
为对付不确定的变幻
他就不顾羞耻
耐下心来，与它对坐——
一场漫长无聊的寒暄

当他把自己弱小的身躯置于
无尽的淤泥中时，就有光出现
并且不断增强，游刃于
黑暗的未来和世界的本质之间

他深陷被禁闭的大地
文字与流水的互补性
冲洗着身披坚甲的世界

当虚假纷纷坠落之时
这部书就等同于这个星球
——至少在他看来

与津渡、苏野、臧北夜游如方山

露水悬挂在枝头
从某一微小的角度
能见到它体内的光明
那里的月亮澄澈，缄默

我们来回踱步
在如方山的黛绿时光中
——在这前世的故里
有时候，声响
会绕过丛林和山峦
有时候，双脚
又回到原地

我们抬头，就忆起
那些曾经属于各自的星星
——一人一星斗
它在深远的夜空中
晦暗地存在
从来如是
我们逡巡，徘徊
却认不出它

傍　晚

三十五岁的秋天，一个傍晚
夕阳向如方山缓慢地下沉
暮色到来时，透彻的凉意
从四面围了过来
对于砍柴汲水，我已厌倦
让斧柄腐烂吧

这一时刻，我寻找
一颗星星，飞升过去
种上唯一的一朵花
从那时起，我们
相互驯养

我有一座自己的园子

我有一座自己的园子
从未整饬，日趋芜秽
守候着属于它的一次次
日出，以及月落

空气芬芳，螽斯在鸣叫
这小小园子的草丛中
蕴涵着宇宙之道
给予夜晚不倦的教益

我躺在这里，沉睡
或者数一数天上的星星

死亡与右手

我必须留在家里
躲在空气的另一面
阳光照在额头上
影子投射在脚下
一阵风刮过，身体
暴露无遗
左手停在空中
抚摸着死亡的权杖
——神圣而邪恶
右手，世俗的领地
伸出来，缩回去
试图调停这日趋壮大的分裂
太阳离开之时，短暂的黄昏
弥合了沟壑
我起身，在月亮
升起来之前
离开家，去菜场
或布满碎石的河谷

六月十四日与元峰登栖霞山

沿栈道，我们登上栖霞山
从杂树丛间，眺望远方
长江似练，枫林如涛
伏在江边和林下的
是我们那日益卑微的生活
有时，我们并不说话
隐于尘世的沉默
在山林之间慢慢铺展开来

随身携带的因缘
显影出来，我看到
自己前世的容貌
在空气中浮动
举起镜头，对准自己
走进相机的面孔，注释着
生命轮回，一次又一次的微循环

和一群年轻的学僧
坐在教室里
喝茶，聊天
过去的我呈现出来

夕阳照在西峰上时
那个宋朝的扫地僧人
就从我体内走了出来

风与死亡

风把我带到远方
死亡把我带到荔城
他抬腿走开了
你生命中的某一部分
也一同走开
一株桂花树的死亡
与此具有相同属性
你能感知的，时光中流逝的一切
正是你所丢失的
而风和死亡也在生命的幽暗之处
给予你另外形式的补偿

死神为你订好了房间
你有什么好担心的呢
沿途风景怡人
树叶、花朵、溪流
丰富而生动
在夕阳的照映下，闪烁着
细微永恒的光芒

哭荡子

——惊闻荡子兄不幸辞世，泣不成声，草就此诗

喧嚣不再
秋虫的内心已不再强大
他们低鸣
更像隐隐哀号
秋天来了
你要启程去远方

灯火渐至消失
迈入越来越深的黑暗
在黑暗深处
朋友们相见不相识
黑暗降临
你开始跋山涉水

“天暗下来，朋友要一生才能回来”*
天明的时候
蓬门始开
你并没有到我的园中来
新的一天，如旧的一天

---

* 引自东荡子《朋友》。

你的笑声，荡漾在
周边的空气中

星光如水，照亮那回来的路
你只在家门外徘徊
你不再进门
你敲门，世界却依旧沉默
你坐在路牙旁，朋友们看不见你
你掏出一根烟，独自吸起来

院子里的彼岸花开了
在此岸开
我约你来赏花，可你忘了
这次爽约是不可宽恕的
我和这枝花，走进黑暗
在你潜行途中
照亮一小段路

他，自称阿斯加

——悼荡子

他，不存在
他，无所不在
他，自称阿斯加

他像一头公牛
戴着花环，行走在
泛着白光的水面上
这不是奇迹
不过是战胜世俗眼睛的存在

某天之后
他如月亮，如水
一样暧昧
照亮过往的晦暗

他，从水边来
他，从地下来
他，从人海中来
劈斩自己的小路
在愤懑而怜悯的岁月里
生长出白云与花朵

阿斯加手举火把
走在永恒的黑暗中

阿斯加

——怀念荡子

你骑上棕色大马，
向大海的深处走去。

与波涛倾心交谈……
与海豚沉默对饮……

你摘下无数星辰，
把它们藏在你的水桶里。

你抓起一把盐，
扔向饥馑的岸边。

我们在阿斯加尖刻的眼眸中，
辨认出你，哦，亲爱的朋友。

塑　像

光揭开覆盖在你身上的幕布
知更鸟翔集于凤凰木上
以祈祷为名，开始胆怯地歌唱
你金属的瞳孔深处
含纳着水与火
以及细微的尘埃
那些飞舞的时日
携带着明灭闪烁的个人命运
越过水流，越过青山
汇向天空与大海
你静静地站立着
把烦恼的汗液统统排出体外
如同生来便是
一颗布满尘埃的恒星

深夜中的家庭

从无尽的睡眠中醒来
他变身为河流
妻子变身为石头
他们如此不同
却又如此相像
孩子变身为一头白色的小马驹
在河滩上漫步，有时涉水
进入父亲的血脉之中
母亲的爱，赤裸
而又盲目
坚实地阻止道路的延伸
世界没有醒来
家，尚属完整
独孤在黑夜里流淌
哗啦哗啦地响动
黎明到来之前
谁都看不到尊严

仙　湖

——追和阿翔、吕布布，兼致湘南、余丛

山门紧闭，桉树静立
我们逡巡在弘法寺前
未及迟疑，便接受夜的馈赠
微薄的施舍，供养
我们日益缩小的敬畏之心
树丛之外是黑暗的深渊
湖水，这世界的隐秘部分
恪守着生活的日常规则
盈虚交替，广袤而隐蔽
我们继续徒步向前
就从山上折回
看不到此岸
也看不到彼岸

四行诗

一

我写一封信
从日落到深夜
一份判决书，谁能把它寄出
在虚无中展示溃败时光

二

每一滴水中，都危坐着佛陀
每一面墙上都写着“阿弥陀佛”
吃斋念经的人啊
度过了一个忧郁的黄昏

三

我收集每一片可以收集的落叶
在每一条走过的小路上
当至世界尽头，我就点燃它们
在火光中凝望我的一生

四

当岁月醒来之时
盲目依旧，谎言更甚

秉笔直书的唯有黑暗史
那里，有个孩子在河边久久徘徊

五

我没日没夜地烧制魂瓶，为了安顿
那些被拆迁被驱赶的亡灵
只为素不相识的野鬼
可谁将安顿我的魂魄

六

你知道嘛，樱桃园毁了，只有荒芜驻留
你的乡关在何处
废墟，尘埃之光
明亮而寂静

七

我们在梦中相爱
醒来后双双死去
梅花开放的时候
雪沿着来访的抛物线返回故乡

八

请把我的春天拿走
我只要这飘零萧索的秋天
你所褫夺的，正是我所轻视的

拥有一片落叶就是拥有整个世界

九

面向未来，我从不掩饰
对于雪的喜爱
只有雪才是世界给予诗人的奖赏
其他的都是零

十

我一直在等待
破晓之前，你将抵达
你消失在途中，在黑夜里
天明之后，我消失在光中

松涧观筑

一

我代表人类，走进栅栏
此刻，我是明朗的
是的，当我抱起你的时候
春天就走进我的世界
你有一个被黑暗主宰的必然命运
那是我的忧郁时刻
但遗憾的是：
对于未来，我无权代表

二

茅屋安睡在春光中
需要打开窗户
那些沉淀在大地间的事物
在泥土中腐烂
我踩过枯枝败叶
清脆，沙沙作响
惊蛰不期造访，我捡起
两个松果、一束松针
假如我愿意
就带它们回家

三

松林间，有条交叉分岔的小路

一条面对远山

一条通向地平线

我的犹豫不在于选择

一想到他们，无尽的一生

总是被日出和星光所照亮

我就沉默不语

走到水塘旁

坐在石头上

聆听青蛙奏鸣

看着夕阳西下

悼大姑

纸花轿在火光中化为灰烬
一只乌鸫优雅地踱着小碎步
消逝在黑夜中
我能看到她漆黑的双眼
大姑已然切断与尘世的所有联系
但依然眷念树林的气息
她开始了人生中最为遥远的旅程
秋天的车轴河水在静谧上涨
散发出药店的气味
她寂寥一人，登上小舟
沧浪阵阵，却悄无声息
明月满船向东游弋
大姑将独往大海
我知道，她不惧怕
她微笑着站在船头
她一直喜爱河面上的海鸥
家离海边不远，但这却是
她第一次下海
在那里，她将开辟一片新的菜园

当桃花陨落……

月光洒在年轻的面孔上
收割机已锈迹斑斑
可是我们还清晰地记得
它冲进一望无垠的麦浪中
轰鸣作响的兴奋
我们天真地以为
我们会永远拥有
原野、河流和蛙声
暮色中，鲜花盛开
生命的某一部分停驻在那儿
廉价的乡愁，没有纪念碑
关于故乡的消息
如风一般，在这冷冷的丛林中飘荡
当桃花陨落，我才看见
你从一片茫茫的水域中升起
在春天，在桃花林
你听到回声
那个渐渐走向孤独的孩子
正小心翼翼地保存起那片花瓣
——人类记忆中最为微弱的部分

江华行

一

守林员扛着铁锹
走在前头
我们气喘吁吁
跟在后头
有时遇到一棵形而下的朴树
有时遇到一棵形而上的松树
溪流川流不息
携带着时光的领悟
日复一日
从他的体内流过
而我们，总是一跃而过

二

守林员摇了摇那棵山毛榉
一阵小雨就飘落下来
就像上帝一般
自然而然，无须费神
堕落的本性无所不在
各种声响储存在密林深处
他吼一嗓子

引领他们奔涌而出
由于经年累月听不到谎言
他的声音显得不够真实
像空山鸟语，或一朵云
混淆在苍茫的大山深处

三
世界的瞳孔
隐现在每一片树叶上
他们容纳了所有的岁月和尊严
他们中的某一部分
作为纪念品，进入岩石
剥离昨天和明天
展示一个遥远而专注的自我
就像一位沉默的禅师
在山岚雾霭中行走
蝴蝶有翅膀
孔雀有艳丽的尾巴
山魈有烈火燃烧般的生殖器
而人类的身体没有任何明显的标志
他们模糊的面目
消失在水与火之中

四
檵木把往事碾碎

生生不息的是风与水
我从山外来
从千里之外而来
而你，千年来从未离开
我们面对面
淡然相坐
你的本质枯寂
一直低眉
如此透彻的感知
已然等同于某种真理
——但那并不重要

五

在平坦的河滩
火的孩子在跳舞
欲望在燃烧
闪烁着古老的循环
绝望的夜晚延绵不绝
隐逸在水中的子民
向往着火与空气
渴望绚烂的死亡
水的统治黑暗，深远
他跃出水面的一瞬间
眼睛里饱含着恐惧的泪水
那一刻，火

在他的虹膜上舞蹈

毁灭吧，毁灭

他尖声呼啸

纵身跃入火的河流

拥抱不可知的命运

七　月

一

岩石在骄阳的炙烤下
已软化
你沿着海边的小道
走了很久，很久

当星辰满天的时刻
通过我缄默的嘴巴
大海说出了你的名字
时光与经验
流淌，聚合
泛着水的微光

二

细微的雨丝
如同尘埃
飘落在长江之滨
也落在诗句中
日夜豢养着忧伤

你热爱自己的伤口

忠于重力与大地
你热爱月光下的潮汐
往返，呼吸
却还在原来的地方

三

他有时候是海鸥
难以忍受那命定的生活
他飞翔，分割着蓝天
像一只沙漠中的骆驼
隐忍，寂寞

他致力于——
构建一座循环之夜的迷宫
把往事与随想编织进飞毯
在幽冥的树洞中
大声歌唱
在灰烬中
认出自己

四

如何爱，即如何死
你不必迟疑
你渴望成为
最后一团火焰

从海平面上一跃而起
飞升出去
像一匹奔驰的白马

他的眼眸里闪烁着
高山与流水
星辰与大海
爱的光芒与长途旅行后的疲倦

那朵玫瑰没有闭合
她在深夜中
从容徐步
——向你走来

五

你再也见不到那个坏孩子了
因为他已离去
站在风中，像断线的风筝
向地平线急速坠落

当我再次见到他
我就把他变成一棵小树苗
种在我的院子里
居住在我的目光之下

承接雨露，恪守泥土
他正成为我的一部分
从身体的某个部位中
悄悄地生长

六

我们的身体在发酵
七月的味道
沿着羊肠小道
汇入大海

大海从不停歇
他运送着饱含泪水的气味
沿着天空上升
直到化为一场雨

在世界尽头，下个不停
在七月的黄昏，啜饮清凉

七

你在树杈间淹留
有时就在叶子上沉睡
无数的夜晚，无尽的黑暗
你就靠数星星
悄然度过

你在高处
在你的身下
波涛的交响乐
无所羁绊，冲击着礁石
他走向完整
走向无限的寂静

你谛听着
单调真理的自由变奏
我的船，就停泊在岸边
我想，你能看到

八

你从大海的深处来
从死亡与爱的墓地来
那是一条隐秘的道路
你走过来的时候
我只看到你那蔚蓝的双眼

你凝视着远方
大海、河流、森林
构成恢弘的乐章
在你的内心回荡

我想告诉你
我就在乐章之中
我害怕一切静止下来
音乐也将消失

你凝视着那朵凋谢的花朵
就像哀悼你的孩子一样
而我此时
正穿过你的世界

九

你把双手朝向辽阔的海洋
奉献所有，包括世间的烟尘
一只信天翁从你的指间飞出
阒然无声

你什么也不说，你已倾其所有
我已用尽泪水中的盐分
亲爱的，这就是我们来到这个世界时的样子
两手空空
我们之间再也不能相互馈赠
我能给予你的
是最后的凝望

孤寂破碎

你叫不出我的名字

十

从长长的甬道出来
我的舌头便开始沉默
在时间堆砌的山坳里
我找不到一处可以立足的地方

那个孩子
——看不清他的面孔
背朝大海，从海岸线走来
一直走到天完全黑下来

他说，他带来了你的一封信
可是我
一个字也不认识

十一

我向着树叶、云朵和涛声
呼唤你的名字
因为桌椅、书籍和笔记本
早已被焚毁
那些简单事物也一样
——它们必将消逝

我虔诚地返回童年
返回布满涂鸦的教科书边缘
那些必然失败的想象力
带给我短暂的荣光

那块橡皮擦去的
不仅有你的名字
还有关于爱的方程式

十二

你沉溺于大自然的果实
却忽略了植物与花朵
魔术、炼金术和基因术
未曾改变他们
他们依然如阳光一般
从我的口中喷涌而出

我的手指间杂草蔓生
在我稀疏的头发上
绽开一枝幽兰
令人怜爱

我把玫瑰的秘密告诉你
你的心一片空明

十三

那条小河战栗着
等待进入大海的身体
你把所有的爱
都注入其中
直至燃烧

一个瞬间，一次喷发
就熔化为一颗星球
悬浮在无限的夜空中
大海的神秘钟声
已然静默

在这颗黯淡的星球上
我们相互驯养
等待着它……被销毁
重新返回大海的怀抱

十四

夏日里最后一朵玫瑰
无眠，在河湾的庇护下
轻轻酣睡
你领取了适合自己年龄的领悟

一日长于一百年

你低眉矗立在风中
你所洞见的
是脚趾，是纯真
一种超越时间和空间的修辞

合唱退去
尖厉的歌声在黑夜里奔驰
你在歌唱简朴的田野和星光
不可见的出征
深入尘世的密林
迂回，呈现

十五

返回大海
我需要积攒足够多的怜悯
海面上的飞行艺术家
仅仅依靠爱
……与信仰

你独自坐在悬崖上
向黑暗敞开心扉
你带回一个宁静的季节
讲述光明者的传奇

一片树叶落下

七月走到了疲惫的尽头
我们裸露的心灵
便莫名悲伤起来

十六

那些隐喻从未放弃显影的机会
倘若一直沉默
山川、海洋和大地便落入其中
我们在世间苦苦寻觅的那把钥匙
为庞大的阴影所笼罩

日月星辰，山河大地
本是微尘
只是浩瀚世界的一次电闪
你所祭奠的
……唯有虚无

我手捧金针
却空空如也
我确信——
我有保持愚蠢的权利

十七

琴声响起
孩子们的面孔从蔚蓝深处呈现出来

他们曾经日夜踞坐在黑暗的大门边
他们向着鲜活而生
他们朝着死亡而去
明亮透彻的大眼睛里
闪烁着未知

母亲在瓢泼大雨中
听到了可怕的寓言
雨滴
落在脸上
命运
落在眼睑

她默默地
朝高岗上的楝树走去
她从那儿眺望大海
她看到她的孩子像海豚一样
在海面上欢呼雀跃

十八

当你成为永恒循环之水时
悔恨爬上你的心头
是的，你想燃烧
你想在瞬间升华
纯洁、赤裸

然后消失在镜子中
谁都不知道
你曾经来过

身体成为一座忧伤的花园
你徘徊
却有无数人迷恋
你无法销毁它
那世间最遥远的道路
就在你的脚下

我伫立在楝树下
开始理解七月

十九

你从哪一颗星星中降落
我并不知晓
我认识的
是泪水的果实
在湿润中
响起微弱的歌声

你不曾轻易承诺大地
重力的废墟并未倾圮
你飞翔，如河流

流亡大海

必然性是唯一的爱
也是最后的

二十
雾霭布满河岸
邮差怀疑着自己的职业
为什么总是送来夕阳西下的消息
忧伤，微光随河水一直向东流淌
朴树下
他熄灭了最后的火焰

你去擦拭那只夜莺失明的双眼
我把受伤的脸庞贴在夏天的地面上
任何光线和声音
都迷失在归来的道路上
季节彻底沦丧于寂静

零时刻到来了
一切都不再重要

二十一
在通往大海的路上
星辰书写者写下各种箴言

反复歌唱一首儿时的童谣
一方面为了自我麻醉
另一方面为了欺骗死亡

闭上双眼
他以最低限度的梦
开始他的旅程

是的，没有其他的路可走
他用自己的巫术驱散心中的黑暗
在风平浪静的拂晓
他面带微笑，到达大海

二十二

我的王国存在于七月
我穿过整个王国去看你
看你双眸中的灰烬
和他们忧愤的舞蹈

在石头宝座上
端坐着火的使者
你那茅草做成的权杖
瞬间就毁于一旦

水的尽头

光给你带来短暂的白昼
黑色的鲜花
次第开放

二十三

为了漫长的旅程
父亲精心准备了无数的装备
你握住他的双手
递给他最后的礼物——
沉默的和解

父亲离开之后
你的内部打开了一扇门
你轻轻地走进去
清辉普照，没有影子
到处都是父亲的味道

你终生要挣脱他那暴虐的统治
血液中肆意滋生的依旧是他炽热的火焰
在尘世与另一世界的边缘
你与父亲
在那棵独孤的栎树上共生
有时，相互代替对方
咆哮，或啜泣

二十四

忧郁的午后
你迷失在生命的最初十年里
细微的位移就会造成不可挽回的悲剧
墓石坚硬
铸就不可改变的心灵秩序

奥秘，在镜子的体内不停繁殖
风声、雨声、抽泣之声
回响在通往悬崖的道路上
大海守望者
蹲在暮色中
吸烟——
烟雾袅袅升起

命运之轴轻轻转动
暴风骤雨即刻降临
我们像孩子一样参与游戏
获取某种天真的时间
把自己钉在那狭窄的墓室中
永不回头

二十五

悲怆的音乐沉入大海深处
我想起那只双眼噙满泪水的鸽子

宿命激发勇敢之心
我学会倾听晦暗命运的歌声
并在其中沉睡

我制造的天秤
称过罪孽
称过悲伤
也称过阴影的重量
但无法感知虚空

大海无言
我的双眼在水与火的交汇中
燃烧，消逝

二十六

月光洒在你的脸庞
年轻的微笑坐在木瓜树的枝丫上
七月的那场暴雨
劈头盖脸，从少年下到中年
麻雀失声
世界顿时安静了下来

你逆流而上
乘着寂寞的小船
重返少年码头
树枝已失明
朝着死亡的方向

踟蹰前行

车轴河水正在上涨
散发着福尔马林的气味

二十七

你最终接受了你最初拒绝的生活法则
从外到内，那么彻底
就像行将就木之人接受死亡
你心中的荒草繁盛无边

你是一个孤儿
在这世上，无缘无故地走
白发如雪
你依然在那里行走

世人遗弃的
正是你所乞讨的

二十八

大海奏响他的幽暗声部
苍白的塑像站在海边
沉默，倾听
位于你口腔中的金色麦浪
像见到草原的野马
奔涌而出

秋天寂寥
那个参悟季节的禅师
身负形形色色的悖论
分发着迷惘的智慧

你倾向于相信海洋深处的蔚蓝
而不是顿悟

二十九

栗树的影子覆盖了你全部的身体
在正午的阳光之下
你开始誊写最后的诗句
你在夜晚来临之前走向地平线

星光遥远
烛照岩石、树木、海鸥与阔大的水面
——一个无法洗涤的世界
你的瞳孔里展示一个更加完美的大海
那里闪烁着邪恶的善良
以及忧郁的悲悯

我们迷失在黑暗里
我们永久地在水中生活

辋川诗草

一

我曾经与你严肃地讨论重建辋川别业的蓝图
可是你说，这里离长安太近
汽车、火车都极易抵达
你否定星星和月亮被关起来的可能性

每一日，每一月，甚至是每一年
你修剪着城里的空气
把铜钱埋在院子东南角的桂花树下
多么顺手啊，你的剪刀和铁锹越来越好用

在盛世的长安城里
你如其他公务员一样，按部就班
你的备忘录被那些想象的诗句所填埋
你在熟悉的街巷里迷路

只要皇帝还在朝廷，你也必依附其中
破城迎来了命运的转折
在盲目的人潮中，你认真考虑了我的建议
在无家可归的时刻，向往着山中

二

在有形和无形的庙堂之上，你静静地匍匐着
像正在冬眠的青蛙或毒蛇
怀揣着遥寂的梦，在内心的激流和小溪的相互交错中
学会了禅坐，沉睡

你优柔寡断的双足依旧停留在官衙和府邸间
步量着人世的深度
那些朦胧闪现的美女和傍晚的忧郁
也曾牵引了你的潜行

在这人工铸造的世界里
是必然被人工控制的生活
吹向我们的风，落向我们的雨
都无可奈何地夹带着世俗的气息

你如此羞涩，以至于你的同僚怀疑你的精神出现了状况
你每天进进出出，写着应制文
以人类最卑微的姿态展示着你的儒雅
那些纯粹的时刻却在黑夜中不停地向你呼告

三

当你在一不小心之间窥见白发
并为微薄的俸禄稍感羞耻之时
你才想到那朵缱绻的白云和那棵坚强的枣树

在消极的时光里向你暗示，暗示着什么

你无法实现一个完美的世界
尽管你竭尽所能对它进行缝缝补补
你几乎抵达了一名文人的相当高度
但是，遗漏的却是最深的、最迫切的

你看到你的心呵，被钉在大众的门楣上
不断扇动的翅膀沉重，以致滞涩
要有一把利剑插上去，让它鲜血淋漓
给予飞翔以最微弱的力量

你决定拨开人群，移开阴影
从近处走向远方
你坐着自己的毛驴，沉浸在蓝色的曲调中
你开始向辋川进发

四

所有的事物依据惯性，一直在睡眠中
你的到来，像在小范围内诞生了一位上帝
孟城坳、木兰柴、文杏馆、辛夷坞，还有南垞、北垞……
都被你赋形，注入生命，自由地律动起来

你伸出手指，触摸到辋川的脸颊
它的体温接近人的体温

你有一滴泪水流下
随即就汇入欹湖，润泽这里的阡陌和花草

明亮的太阳将耗尽它的体能
沉重的泥土被月光和流水所覆盖
当你躺下，心脏跳动越来越慢
与黑黢黢的群山、静穆的幽竹共享呼吸

一阵清风、一场暴雨
曾经的那个你必然地消亡了，因为你领悟了辋川
你所遵守的
不外乎青山绿水和隐秘已久的内心之痛

五

在共生共存的大自然与你之间
你们相互交流着属于对方的思想
在天真的峡谷中
你的梦在梦之外

同僚、上级、师生和朋友不再出现
春天被发现挂在枝头
那些词，如果有些词的话
都像山涧中的水——流淌、清冽、纯洁

书，和它代表的一切也该废除

这里不适宜过多的喧嚣
林深不知，明月相照
这里的事物超出了你所想要的

你独自枯坐在竹林里
偶尔拨几下琴弦，长啸一声
孤独是最大的器皿，包容了天地悠悠、人世浮沉
——它实现了你

六

秋蛩的鸣叫使夜变得更为寂静
松树站立在山岗上
如此之近
又如此之远

作为夜的禅师
忧郁的群山端坐在氤氲的夜色中
沉默
冥想

此时，山谷中泛起一团微暗的光亮
一朵灰色的云在上方游弋
——这时你认出了你久已遗弃的面容
只需一个眼神即可实现相互间的致意

其实，在你生命开始的地方
它们就呈现
而在你生命快要终结的地方
它们依然如斯

七

荒芜的生活被抛弃在山隘之外
你重新找回了属于童年的胜利
整夜整夜
你守着黑暗，心怀感激

夏日来临
你移居到纯洁的栎树上
把所有生活的可能性简化为唯一的存在
在高处窥视着穿山甲的私生活

这个时代为生活在树上的人留下了借口
青草疯长，野兽横行
上树成为众多命运中的一种
不偏不倚地掉在你的头上

月出，接着日没
鸟儿集落与飞散
——从未停息的循环
你的偶然成为永久的淹留

薄伽梵说

以下诗歌均出自《薄伽梵歌·遗逸部分》，原为梵语。依据印度Bhandarkar东方研究所1947年版译出。*

一

黑暗降临，人们入睡
我潜入他们
我身躯单一，阴影多重
在晦暗处交互
有时融合，有时争斗

天明，人类醒来
我消退在时间的水杯中
呈现为一片树叶
或一朵鲜花
弃绝所有的供奉

二

想念我
我就进入你的存在

* 编者按：作者伪托。

你在厨房里修行
就会抵达星星
然后返回

你的判断是多余的
对于河流或石头也是如此
玫瑰的灰烬、萝卜的忧伤
还在那里
开放吧，不问为什么

三

请布施吧
我乐于接受
腐败的食物和变质的心灵
你折磨我
我就更健康

不要祭祀我
修剪好自己的指甲吧
如果还有空
就给窗口的仙人掌浇点水
微弱的悖论
引导你走向自己

四

当白雪覆盖我的全身
那个世俗世界里吃饭、上班、写作的我
在傍晚时分
就会毫无愧色地离开
我神圣地生活在家庭次宇宙中
努力处理好古老的欲望和物质的种种关系

总有一个凌晨会到来
当我回来时
就遗忘了自己的童年玩具
和不同年级里相处的好朋友
生命中的印记被一场大水冲走
接下来，我就开始等待
等待下一个傍晚

五

层林尽染
世界的层次在最后的季节中越发丰富
而我依然守卫着
永远属于自己的废墟
这里人来人往
经过者缄默不语
我把头埋进废墟
只发出沉闷的“嗯嗯”声

你来了
坐在我的面前
带着一道强光
使我陷入蔽目的黑暗之中
我的选择
就像十年前，或十个世纪前一样
匆忙、鲁莽
进入更深的黑暗之中

六

乱发与尘垢聚集起一个世界
——自给、纯洁
我一直生活在其中
并生长了植物性的根茎
那个无分别者有时会进来
像到我的家中做客一样
他希望周游三界
他轻易地实现了愿望
我与他在遥远的时空中
相互成为镜像

有一些呼喊的、哀怨的
总把我视为精神导师
我告诉他们不是的

他们不信
我告诉他们自己就是自己的导师
他们不信
我告诉他们请闭上眼睛，生活在自己的存在中
他们就信了
污秽的事物在身边流动
他们不敢看
纯粹的事物环绕着他们
他们不知晓

我无航渡之舟
我不怕任何水流
我原是一个呼喊者
我原是一个哀怨者
当我丧失恐惧
才发现自己
就是驻扎在一切世界里的无分别者

七

为了不影响祭祀
我如期走向世界的隐秘之处
周期性地蜕下自己的皮
清洗不洁的身体
不停爆发着分蘖和离析的响声
那么悦耳、那么羞耻

随后——
修复，繁殖，融合

在我体内，风和水
相互致意
隐秘之花亦如尘世之花
开放，或凋谢
祭祀的时刻来临
我蜕去了忧伤
获取自在

八

关于世界，以及之前的形态
压在我自制的便签下
水顺流而下
时光迈向远方
照亮我的是——
尚未制作的那张白纸

如果腊月初二定然到来
必然会有一场大雪
我和你
面对洁白的纸
陷入午后的沉睡

九

出于对日常意见的尊重
出于对生命盲动的抑制
我的遭遇超越了所思所想
变故次第降临
我们时时面对的广阔湖面
一对鸬鹚拍打着翅膀
在宁静的时刻演绎爱的舞蹈

这时刻，就是我的时刻
把自己置于最低限度的幻想之中
在市井中
独自保存着白色的头颅
滑稽地自我模仿
直到产生一个回旋的低音

十

我在散步时
经常碰到上帝，有时他是佛陀
然而这并不能减少我的烦恼
我不是约伯，我不擅于质问

自我虚构像病毒一样
——复制、增殖
是时候了——冬天来了

我开始播下草种
在大地的血脉中
有泪水在流淌

十一

一生下来
我就看清了自己的遗容
自立时
我就从容地为自己收殓
穿上时尚的寿衣
奇迹，只有奇迹
才会叫我在不经意间死去

有一座坟墓对应着我在尘土中的坐标
在日复一日的自我奴役中
请你帮帮我，帮我过一下你的生活
也请你过一下我的生活
这个假设如此美妙
将使坟墓在暗处绽放
并最终长成一棵树

十二

我拥有无尽的沉睡
尽管天使不断骚扰
依然无法切除其中的任一块

这有利于保存我忧伤的尊严
还有偏见的毒素

一个多么脆弱的孩子
他把解决之道寄托在缥缈的睡眠中
一个多么勇敢的孩子
他在无知中
完成了自己

十三

你看到
我在上面，身着尘埃
不曾管辖过河流或大海
也未涉及轻浮与崇高
其实，我在下面
假借白云来装扮自己
深深羁绁在自己的阴影中
在镜子前，制造连绵的虚无
在坟墓前，磨砺最后一块墓志铭
使它趋于空气
赋予狗尾巴草以最高意义的存在
傲慢的心在此低头
并渐至溶入尘土

十四

你走过来

我走过去

我们以各种方式交汇

却不重复

在一个时空中

维系着持续的混乱

构建两个重要的关联

一个在你我之间

一个在世界与我们之间

这意味着存在的本质——

极端的痛苦

并非虚无

十五

所有的灯均已熄灭

黑暗中

我们过于自恋

就像总是拿着别在胸前的手帕

不停地擦拭鼻涕

丢弃的是

季节馈赠给我们的气味

十六

站在湖边

我迷恋于落日的衰颓
火焰悄无声息地隐退到地平线下
苍鹭飞过
城墙在湖上的倒影迅速坍塌
我们接受一项新任务
——在沉寂中行刑

黄昏时分
我陷落于自我的凋敝
冬天走来时，没有张扬的步履
隐约间，歌谣从远方飘来
我们挥霍的不过是弱小的感官
贪恋的，仍然是
挥之不去的尘垢

十七

并非故障，仅仅因为孤独
我降落到沙漠上
这时才回忆起自己是水生动物的后裔
翻阅厚厚的进化史，多么沮丧
我的根源仍旧是水
单调的繁衍，复杂的精神史
对此，我已厌倦至极
——无论作为何种方式存在
我点燃火把

摧毁水的秩序
自我的膀胱破裂
接着，所有的器官紊乱起来
终止标准带来的程序
以及，由来已久的生殖

十八

在巨大的粮仓中
取其中一粒
剖开它
就能发现生命的核心
有一天，它会成为一株植物
并收获时间的粮食

在汪洋大海中
任取一滴海水
它就蕴藏着生命的全部秘密
光射向任何侧面
都能看到世界及其阴影
当然也包括浩瀚的人世

十九

期待已久的大雪降临
当纯洁包围他的时候
他却陷入沉睡

什么力量也不能把他拖出来

他来到根茎的存在地
词语先于意识——彻底解体
在最深的黑暗中，在母亲温暖的子宫里
静坐，游行，或漫步

二十

物质豢养我们
比天空更空的轻浮充盈着时代

昨天，没有昨天
后天降临之前
我匆匆寻找属于自己的武器

你离开
带着一块滚烫的石头
我开始吞食黑淤泥

你飞行
背影像一朵灰暗的花朵
我在人群中挖掘洞穴

你来
我走

特隆世界诗选

阿根廷人博尔赫斯和卡萨雷斯在20世纪中期通过秘密文献发现了特隆世界，并撰写了《特隆，乌克巴尔，奥尔比斯·忒蒂乌斯》，通过深入研究，我发现特隆世界也存在一些诗歌，姑且抄录之。*

距　离

当孩子们睡去
我们才感知夜的赋格
领略时光的短暂平衡
同时，无数混淆的自我不断闪现
有一颗晦暗的星球（被称为“特隆”）
散发出并不确凿的微光
我们在它的笼罩下
相会，盘腿，相向而坐
孩子们沉睡在我们中间
产生透彻的距离
如同绝对死亡的高度和深度
完全覆盖了——你和我
以及你和我所能联系的世界
如果不是表面现象

* 编者按：作者伪托。

那么，寂静的帝国
已彻底放弃乐器
放弃季节的秩序
沉默地维持着我们之间的交谈
孩子们在噩梦的惊吓之下
醒来，啼哭
打破微弱的平衡
——到那时，再说话吧

位　置

谈到心灵结构
我想到的是没有欲望的夜
和数不清时日的沉睡
不管是白天还是黑夜
我的躯体赤裸
——没有什么东西需要隐藏
我的躯体平坦
——没有高山，也没有河流
在特隆的太阳下
一切事物都没有阴影
我和语言，都不例外
一个位置就是所有位置
改变是多余的
空间和其中的事物
总是在恰如其分的位置上

当花开的时候
我知道我该去收集花瓣了
当天将破晓之时
我知道我该去收集露水了
如果是黄昏
我就钻进洞穴
不想什么，不做什么
一直沉睡下去，没有任何梦境
直到某一个该醒时刻出现

艺术家

作为特隆唯一的艺术家
我全部的生活经验来自遗忘
小时候起，我就致力于
遗忘痛苦、欢笑、绝望和背叛
我的艺术经验有一个伟大的源泉
经年累月，我总是忙于为暴君树碑立传
现在，仅因艺术良知的催促
一方面，我开始粉碎已有的一切典籍
摧毁人们由于长期或短暂幻觉形成的思想遗产
——真理、艺术、宗教，或者其他
另一方面，我开始无穷无尽地书写
——重写曾经存在（也许并不存在）的典籍
写在流水上，写在白云间
因为特隆并不存在

为了博尔赫斯，或者人类梦境
必须要在书写的过程中
建立虚幻的镜像

革命者

因为讨厌成为救世主
他成了一位革命者
忠于所有使人毁灭的东西
免疫于波澜不惊的湖面
很久以前，他就知道
革命早已失败
他浅薄平庸
他偏好不适的事物
它们在广泛的领域
激发了他的斗志
他的大革命往往
从天黑开始，至天明结束
随着一次次包含失败的反复
惰性演化成命运
这个真心革命者
每天盛装，或者潜伏
在大街上和内心里
他都戴着革命者的面具
如万圣节的演出
掩耳盗铃，拙劣不堪

观　光

在太阳的炙烤下
我的血液快流尽了
通过那条小路
我来到了思想的尽头
咀嚼着干涩的枯草
淹留在无边无际的时间之海中
时代不断萎缩
一拨又一拨的旅游者经过我的面前
他们观光，只为看到我现在的样子
他们帮我赶走苍蝇
他们拍照
我获得相应的回报
排解了数世纪的寂寞
由于我们在同时丢失了记忆
以及想象
他们搞不清我是否存在，是否真的见过我
我也搞不清我在哪里，真的有人来看过我吗

公　民

我的领地，在阴暗山峦的背面
在蜗牛的角上
这里有我修筑的一条小路
——通天通地

和以我个人名义拥有的城市
唯一的公民诚实勤奋
履行着作为君主和臣民的双重政治使命
在没有人群的帝国中
恣意妄为
我从未羞愧于自己的智慧
我从未对世界产生厌倦
精心培养的耐心足以瓦解一切嘲讽
（当然也包括意志的革命）
一粒超越重力的纤尘
是我一生钟爱的情人
一滴无色无味的水珠
是我永久的玩具
丧失尘世的命运
意味着丰足
在边界模糊的地带
我逍遥自在

营 生

在喧嚣的街巷背后
在黑暗和光明的交替中
我来回奔跑
房屋越来越高大
墙面连接着栗色的天空
记事时起，我就开始

从事这个营生
不知何时终结
当我碰到熟人
立刻假装悠闲信步
反复演一出拙劣的戏剧
当我碰到狗，会很高兴
因为我们可以聊聊
即便它会冷不丁地咬我一口
在老茧日厚的脚板周围
莲花盛开
关于谎言和空气的交互
编织了可以平躺的草席
躺下来，世界压平我
而我，融化在泥土中
成为黑暗的一部分

城　邦

我睡下
内心的沉淀物就开始发挥作用
通过梦境制造我的城邦
我是作作索索的小职员
我是为自己征战的王
想象的公民，对虚幻的城邦保持忠诚

在空间和时间的交换之中

我的淹留成为对自身存在的嘲讽
阳光下，月光下
总有一座地狱
作为轮回的纪念碑，矗立在
我们记忆的深处
阻止我醒来

睁开双眼，我不知道身在何处
现实的城邦正伸展它的趾爪
省略不可探知的
不是移植术，不是虚构的象征
甚至不是梦的褶皱
从这儿或那儿开始
我只热爱夕阳西下
热爱时间尽头的阡陌——
黄昏保留着溃败的优雅

妓　女

在那些糟糕的岁月里
我常静默，有时长达数个世纪
是她，作为新晋的导师
引领我走过精神的废墟

她只通过行动给我身教
她超越了主义和信条

同时面对一切，保持着开放
她时刻准备无所谓的躯体
她致力于反对道德的学院派

于她而言，一切都是市场
所有人都是顾客
她尊重又贬低她的顾客
她建立的这个体系庞杂，忧郁
在其内部，还有一条客观的河流
她混淆了此岸或彼岸
她随波逐流
她在岸边漫步

辞　典

在接近无限的辞典中
词语一天天地衰弱下去
黑洞正在形成，侵蚀书脊
一种事物与另一种事物之间
相互依赖被打破
孤寂却繁衍了下来
但它并不孕育什么

编撰者厌倦了工作
他们打着哈欠
让它们来来往往

却从未把小板凳递给其中的任一个
极端的瘫痪时刻
躁动潜伏在其中
准备举办一场
荒淫与癫狂的舞会
来吧，来吧
这是一次机会

春　天

当春天来时，我们走到春天的反面。

在我的私人国度。在我的花园。

没有阴影，欲望之树繁茂，如海。

那座小庙清凉自在，尚不为人知。

我的花朵，玫瑰的彗星，在暴戾中燃烧。

看不见的果实挂在无泪的天空中，果核坚硬。

我的幽灵，我生命中的第三条岸，独自留下，在春季的雪夜里。

在海棠的花冠中低语。

家国来信

通过加法，
你占有更多的星星。
明亮的，晦暗的，
浩瀚天宇间，沉默的天平。
语言的灰烬，夜光纤维，
……微弱的制衡。
自我流放中，一封
家国来信。
被撕成碎片。

你从森林里，
借来一根树枝。
手杖，一匹灰马。
逆流而上。
在千树繁花间，
抚摸水与土的伤疤。
每个时辰。

余　晖

余晖，黄金岁月的落叶，
以及它卑微的臣民，
走不出时代的星云。

邮递员超越堡垒，走向彼岸。
山与水，曲折的道路，
指向迷途，一个微笑的国度。

菊花藏身在墓草中，匿名的火炬。
在傍晚，冰雪少年的幽灵指认出：
那个为了三十块钱而亲吻他的人。

绒花闪烁，降落在江雪之上。
单调的歌声来自摩羯座，
如同啜泣，深井中的回响。

最后的见证

墓草，覆盖了所有的遗产。
包括散佚的焚书。

附地菜，越过碎石，
点燃火烛，寒星般存在。
轻声宣告：
另一个季节。

黑暗塔楼再度复活。
在花开的低声部。

蛞蝓从地下，捎来口信——
朋友们将在山冈上重逢，
桃花和酒，同时抵达。
最后的见证。

灯　塔

春山，子弹，病毒，
火焰纹章的召唤……

午夜，我们从自己的小径出发，
穿越杨树林，向灯塔走去。
哦，谁在灯塔里哭泣？

凤尾蕨，荨麻——
幽居的炼金术士走出家门。
戴面具的微物之神
悠闲地剔着指甲。

我们在黑暗织就的天空中相逢。
我们走，向梦中的灯塔走去。

灯塔在哪里？
哦，我们看不见。
晚风谦卑地吹拂山林。
它正在我们的体内生长。

育邦

1976 年生，现居南京，幻想文学爱好者、山水爱好者，从事诗歌、小说、文论的写作。

小说集

《再见，甲壳虫》

《少年游》

文学随笔集

《潜行者》

《附庸风雅》

《从乔伊斯到马尔克斯》

诗集

《体内的战争》

《忆故人》

《伐桐》

……

有度文化　北岳好书

伐桐——育邦诗选

出 品 人｜续小强　选题策划｜左树涛　责任编辑｜左树涛

复　　审｜贾江涛　终　　审｜贾晋仁　书籍设计｜王　俊

印装监制｜巩　璠　项目运营｜有度文化·刘文飞工作室

投稿邮箱｜liuwenfei0223@163.com

微　　博｜http://weibo.com/liuwenfei0223　微信公众号｜txsk2013_